诗经·风

鸿雁◎主编

吉林文史出版社

图书在版编目（CIP）数据

诗经：全3册 / 鸿雁主编. -- 长春：吉林文史出版社，2021.3

ISBN 978-7-5472-7605-1

Ⅰ. ①诗… Ⅱ. ①鸿… Ⅲ. ①古体诗—诗集—中国—春秋时代②《诗经》—译文 Ⅳ. ① I222.2

中国版本图书馆 CIP 数据核字（2021）第 025311 号

诗经

SHIJING

主　　编　鸿　雁
责任编辑　张雅婷
封面设计　MM末末美书 QQ:3218619296
出版发行　吉林文史出版社有限责任公司
地　　址　长春市净月区福祉大路 5788 号
网　　址　www.jlws.com.cn
印　　刷　三河市冀华印务有限公司
开　　本　880mm × 1230mm　　1/32
印　　张　22
字　　数　418 千字
版　　次　2021 年 3 月第 1 版　2021 年 3 月第 1 次印刷
定　　价　128.00 元（全三册）
书　　号　ISBN 978-7-5472-7605-1

前言

作为中国古典文学的源头之一，《诗经》中的许多诗句因其优美隽永、内涵丰富、意味深长而为后世的人不断引用，至今仍熠熠生辉。

“窈窕淑女，君子好逑”，郎才女貌，才子佳人，延续了千古的风流婉转；“一日不见，如三秋兮”，将恋人分离的煎熬和痛苦表现得如此贴切，以至于经历数代流传，也从未褪色；“执子之手，与子偕老”，直至今日仍作为坚贞的誓言，见证一场又一场执手老去的爱情。

无论古今中外，爱情都是永恒的文学主题，因此，《诗经》中最广为人知的亦是爱情诗。但是，《诗经》之所以被称为“周代社会的百科全书”，之所以成为“中国古典诗歌现实主义传统的滥觞”，就在于它广泛而真实地表现了周代社会生活的方方面面，不仅有婚恋情感，更有国家、民俗、农业、祭祀、战争、狩猎；不仅有痴男怨女表达爱意的内容，更有没落贵族、农民、小官吏、征夫、奴隶；等等。

《诗经》分《风》《雅》《颂》三类。《风》又称《国风》，包含了15个地方的民间歌谣，其中一部分来自劳动者的口头创作。这种口头创作的歌谣保留了最鲜活的底层民间风味，充满早期人类生活的原始和野性，是《诗经》中最为出彩的篇章。

《雅》分《小雅》和《大雅》，《大雅》主要是应用于朝会典礼的乐歌，包括开国史诗和一部分政治诗，可当作史料阅读，对于重现当时的政治生活、了解周朝的兴衰过程，有着很大的借鉴意义。《小雅》则扩大了表现范围，从朝会延伸至贵族阶层，从表现重大的国家兴亡到表现士大夫和贵族的生活，在题材上有所开拓。

《颂》分《周颂》《鲁颂》《商颂》。《周颂》是西周王室的宗庙祭祀乐歌，《鲁颂》是春秋时期鲁国的宗庙祭祀乐歌，《商颂》是殷商后裔宋国的宗庙祭祀乐歌。其中以《周颂》最具代表性。祭祀是中国古代社会生活的重要组成部分，《国风》中就有多首表现民间祭祀的诗歌，而《颂》专门记述宗庙祭祀，其中既有对王的美化与歌颂，亦有表现先民的社会理想和时代的进程。

《诗经》是简单的。它体例清晰，篇目分明；赋、比、兴三种艺术手法，贯穿全书；大多以四言为主，简洁明了；韵律优美，富有节奏；便于诵读，朗朗上口。

然而《诗经》又是复杂的。洋洋洒洒三百篇诗，距今已近三千年时光，用字、本义、主旨，无不晦涩难解；赋、比、兴，常常你中有我，我中有你，使得诗篇要旨多变；四言句式，言简义丰，造成歧义不断，难成定论。

正因如此，《诗经》才读不尽，也说不尽。每个人都能读出一部属于自己的《诗经》。但在此之前，需要了解《诗经》，不是执意着眼于《诗经》的外部研究，也不是盲目追随别人的“一家之言”，而是从每一首诗的字、词、句入手，对“诗三百”形成感性的体验和客观的认识。

因此，尽管后世的《诗经》研究浩如烟海，不计其数，本书也只取其一二，作为参考，重点仍放在对诗句抽丝剥茧的解读上。除了在正文中对诗的内容进行流畅优美的解说之外，每一首诗还附上了详尽的拼音和注释，以扫清诗歌阅读的障碍。深入每一首诗的文字，才能抵达《诗经》最初的风致。《诗经》的美丽、无邪，《诗经》的言外之意、意内之叹、叹中之思，《诗经》的口耳相传，千古不衰，都能在文字里找到答案。

目录

国风篇

雅·篇

颂·篇

鲁颂

商颂

风篇

周　南

关　雎

关关雎鸠[1]，在河之洲。窈窕淑女，君子好逑[2]。

参差荇菜[3]，左右流之[4]。窈窕淑女，寤寐求之[5]。

求之不得，寤寐思服[6]。悠哉悠哉，辗转反侧。

参差荇菜，左右采之。窈窕淑女，琴瑟友之。

参差荇菜，左右芼之[7]。窈窕淑女，钟鼓乐之。

注释

①关关：鸟鸣之声。雎（jū）鸠：一种水鸟的名字，据说这种鸟用情专一，不离不弃，生死相伴。

②逑（qiú）：配偶。

③荇（xìng）菜：一种可以食用的水生植物。

④流：捋取。

⑤寤（wù）：醒来。寐（mèi）：入睡。

⑥思服：思念。

⑦芼（mào）：择取。

《关雎》写一位青年男子对一位姑娘一见倾心，而后朝思暮想、备受熬煎的感受。

葛覃

葛之覃兮[①]，施于中谷[②]，维叶萋萋[③]。黄鸟于飞[④]，集于灌木[⑤]，其鸣喈喈[⑥]。

葛之覃兮，施于中谷，维叶莫莫[⑦]。是刈是濩[⑧]，为絺为绤[⑨]，服之无斁[⑩]。

言告师氏[⑪]，言告言归[⑫]。薄污我私[⑬]，薄浣我衣[⑭]。害浣害否[⑮]，归宁父母[⑯]。

注释

①葛：一种蔓草，可以抽取它的纤维用来织布，俗称葛布，这种草的藤蔓还可以用来做鞋，供夏天穿用。覃（tán）：延长，此处指蔓生之藤。

②施（yì）：蔓延。中谷：在山谷中。

③维：发语词。萋（qī）萋：茂盛的样子。

④黄鸟：黄莺，一说黄雀。于：语气助词。

⑤集：栖息。

⑥喈（jiē）喈：鸟儿婉转鸣叫的声音。

⑦莫莫：茂盛的样子。

⑧刈（yì）：割取。濩（huò）：用热水煮东西，这里是指将葛放在水里煮。

⑨絺（chī）：细葛布。绤（xì）：粗葛布。

历来人们对《葛覃》中女主人公身份的说法不一：有人认为诗中女子应是一位后妃，这位后妃在女师的教导下，修习女红之事，借此影响民风妇道；有的学者认为诗中反映的是给贵族割葛、煮葛、织布的女奴告假、洗衣、准备回家的一段生活情景。

⑩斁（yì）：厌倦。

⑪师氏：女师，教女子妇德、妇言、妇容、妇功。

⑫言：语气助词。归：回娘家。

⑬薄：助词。

⑭浣：同“浣”，洗涤。衣：外衣。

⑮害：何，什么。否：表示否定，此处指不用洗的衣服。

⑯归宁：回家以慰父母之心。

卷耳

采采卷耳[1]，不盈顷筐[2]。嗟我怀人[3]，寘彼周行[4]。
陟彼崔嵬[5]，我马虺陨[6]。我姑酌彼金罍[7]，维以不永怀[8]。
陟彼高冈，我马玄黄[9]。我姑酌彼兕觥[10]，维以不永伤。
陟彼砠矣[11]，我马瘏矣[12]，我仆痡矣[13]，云何吁矣[14]。

注释

①采采：采摘。卷耳：一种野菜，今名苍耳。
②顷筐：斜口筐，后高前倾。
③嗟：语气助词，另一说，叹息声。
④寘（zhì）：同“置”，放下之意。周行：大路。
⑤陟（zhì）：登高。崔嵬（wéi）：高而不平的土石山。
⑥虺陨（huī tuí）：因疲劳而生病。
⑦金罍（léi）：青铜盛酒器。
⑧维：发语词。永：长久。
⑨玄黄：马生病而变色。
⑩兕觥（sì gōng）：犀牛角做成的酒杯。
⑪砠（jū）：有土的石山。
⑫瘏（tú）：马因生病而无法前行。
⑬痡（pū）：人过度疲惫、无法走路的样子。
⑭吁（xū）：忧愁。

《卷耳》将描写、感情、想象融为一体，字字流露出夫妻间的深厚感情，读来感人至深。

樛木

南有樛木[1]，葛藟累之[2]。乐只君子[3]，福履绥之[4]。
南有樛木，葛藟荒之[5]。乐只君子，福履将之[6]。
南有樛木，葛藟萦之[7]。乐只君子，福履成之[8]。

注释

①樛（jiū）木：树向下弯曲。
②葛藟（lěi）：葛和藟都是蔓生植物，茎可以缠树。累（léi）：缠。
③只：助词。
④福履：福禄，幸福。绥（suí）：安乐。
⑤荒：覆盖，遮掩。
⑥将：扶助。
⑦萦（yíng）：缠绕。
⑧成：成就。

《樛木》所传达的永远是生命里的那份欢愉，寄托的亦是彼此惦念的那份情思。

螽 斯

螽斯羽[①]，诜诜兮[②]。宜尔子孙，振振兮[③]。
螽斯羽，薨薨兮[④]。宜尔子孙。绳绳兮[⑤]。
螽斯羽，揖揖兮[⑥]。宜尔子孙，蛰蛰兮[⑦]。

注释

①螽（zhōng）斯：蝈蝈。

②诜（shēn）诜：形容众多。

③振振：盛多的样子。

④薨（hōng）薨：很多虫飞的声音。

⑤绳绳：绵延不绝的样子。

⑥揖（jí）揖：会聚。

⑦蛰（zhé）蛰：群聚欢乐的样子。

《螽斯》是一首非常新颖奇特的诗，它描写的对象是一种叫作螽斯的昆虫，也就是我们所熟悉的蝈蝈。

桃 夭

桃之夭夭[①]，灼灼其华[②]。之子于归[③]，宜其室家[④]。
桃之夭夭，有蕡其实[⑤]。之子于归，宜其家室。
桃之夭夭，其叶蓁蓁[⑥]。之子于归，宜其家人。

注释

①夭夭：美丽而茂盛的样子。

②灼灼：桃花盛开，色彩鲜艳如火的样子。

③之子：这位姑娘。于：往。归：出嫁。

④室家：家庭。

⑤有：语气助词，没有实际意义。蕡（fén）：果实累累的样子。

⑥蓁（zhēn）蓁：叶子茂盛的样子。

《桃夭》叙写的是女子出嫁的情景和作者的美好祝愿。诗句清新淳朴，却有极强的感染力，读来就如喝了一杯香醇的美酒，让人回味无穷。

兔罝

肃肃兔罝[①]，椓之丁丁[②]。赳赳武夫[③]，公侯干城[④]。
肃肃兔罝，施于中逵[⑤]。赳赳武夫，公侯好仇[⑥]。
肃肃兔罝，施于中林[⑦]。赳赳武夫，公侯腹心[⑧]。

注释

①肃肃：端庄严正的样子。兔罝（jū）：捕兔子的网。

②椓（zhuó）：敲、槌击。丁（zhēng）丁：打桩之声。

③赳赳：武勇的样子。

④公侯：周封列国爵位（公、侯、伯、子、男）之尊者，泛指统治者。干城：盾牌与城郭。比喻捍卫者或者御敌的将士。

⑤逵（kuí）：四通八达的道路。

⑥仇（qiú）：同伴，伴侣。

⑦中林：林中。

⑧腹心：比喻身边可以信赖的人。

《兔罝》这首诗所描绘的是打猎的场景，但是其中的意义不单是打猎，而是借打猎这种行为来锻炼兵士，因此，打猎也就是一场大练兵。

芣苢

采采芣苢[①]，薄言采之[②]。采采芣苢，薄言有之[③]。
采采芣苢，薄言掇之[④]。采采芣苢，薄言捋之[⑤]。
采采芣苢，薄言袺之[⑥]。采采芣苢，薄言襭之[⑦]。

注释

①采采：茂盛的样子。芣苢（fú yǐ）：草名，即车前子，可食。
②薄言：发语词，没有实义。
③有：藏有。
④掇（duō）：拾取。
⑤捋（luō）：以手掌握物，向一端滑动。
⑥袺（jié）：手提着衣襟兜东西。
⑦襭（xié）：翻转衣襟掖于腰带，以兜东西。

《芣苢》中展现出的情感是喜悦的，这种喜悦不是用喊叫来体现的，而是从春光融融的景境中体现出来的轻松收获的喜悦。

汉 广

南有乔木[1]，不可休思[2]。汉有游女[3]，不可求思。汉之广矣，不可泳思。江之永矣[4]，不可方思[5]。

翘翘错薪[6]，言刈其楚[7]。之子于归[8]，言秣其马[9]。汉之广矣，不可泳思。江之永矣，不可方思。

翘翘错薪，言刈其蒌[10]。之子于归，言秣其驹。汉之广矣，不可泳思。江之永矣，不可方思。

注释

①乔木：形容树木高大笔直。

②思：语气助词。

③汉：汉水，为长江最长的支流。游女：外出游览的女子。

④江：指长江。永：长。

⑤方：筏子，此处用作动词，意思是乘木筏渡江。

⑥翘翘：高出的样子。错薪：丛丛杂生的柴草。

⑦刈（yì）：割。楚：荆树。

⑧于归：女子出嫁。

⑨秣（mò）：用谷草喂马。

⑩蒌（lóu）：草名，即蒌蒿。

《汉广》开头四句，就将故事尘埃落定。南方有高大的乔木，却不能够在它下面歇息。汉水边有心仪的女子，却不能够追求。这是一个可见而不可求的爱情故事。

汝坟

遵彼汝坟[①]，伐其条枚[②]。未见君子[③]，惄如调饥[④]。
遵彼汝坟，伐其条肄[⑤]。既见君子，不我遐弃[⑥]。
鲂鱼赪尾[⑦]，王室如燬[⑧]。虽则如燬，父母孔迩[⑨]！

注释

①遵：循，沿着。汝：水名，即汝河，源出河南省。坟：堤岸。

②条：枝条，细而长的树枝。

③君子：此处指在外服役或为官的丈夫。

④惄（nì）：忧思。调（zhōu）饥：朝饥，即早上饥饿思食。比喻一种渴望的心情。

⑤肄（yì）：树被砍伐后再生的小枝。

⑥遐：远。

⑦鲂（fáng）鱼：鱼名，今名武昌鱼。赪（chēng）：赤红色。

⑧燬（huǐ）：烈火。

⑨孔：甚。迩（ěr）：近。

时光流转，年年岁岁，悲苦在延续，期待也许无止境。但作者笔锋一转，“既见君子，不我遐弃”，意思是“终于见到丈夫回来了，这回你要时时刻刻留在我身边”。

麟之趾

麟之趾[①]，振振公子[②]，于嗟麟兮[③]！
麟之定[④]，振振公姓[⑤]，于嗟麟兮！
麟之角，振振公族[⑥]，于嗟麟兮！

注释

①麟：麒麟，传说中的动物。趾：足，此处是指麒麟的脚。

②振（zhēn）振：诚实仁厚的样子。

③于（xū）：通“吁”，叹词。

④定：额头。

⑤公姓：诸侯之子曰公子，公子之孙曰公姓。

⑥公族：诸侯的宗族子弟。

《麟之趾》用麒麟来美喻王侯子孙，实是寄托着民众对贵族阶层德行和操守的期求，寄望他们以仁德安邦，以厚慈殷民，反映的正是先民们对吉祥平安生活美好的希望和追求。

召 南

鹊巢

维鹊有巢[1]，维鸠居之[2]。之子于归，百两御之[3]。
维鹊有巢，维鸠方之[4]。之子于归，百两将之[5]。
维鹊有巢，维鸠盈之[6]。之子于归，百两成之[7]。

注释

①鹊：喜鹊。有巢：比兴男子已造家室。

②鸠：斑鸠，今名布谷鸟，这种鸟自己不筑巢，而是住在喜鹊的巢里。

③百：虚数，指数量多。两：同“辆”。御（yà）：同“迓”，迎接。

④方：占据。

⑤将（jiāng）：护送。

⑥盈：满。

⑦成：结婚礼成。

喜鹊是世上最爱助人的鸟，七月七日鹊桥会，喜鹊以身体搭建起连接织女和牛郎的天河之桥，它们是在牺牲身体为爱奉献。鹊巢，恐怕是人间最美好的爱巢了。

采蘩

于以采蘩[1]？于沼于沚[2]。于以用之？公侯之事[3]。

于以采蘩？于涧之中[4]。于以用之？公侯之宫[5]。

被之僮僮[6]，夙夜在公[7]。被之祁祁[8]，薄言还归。

注释

①于以：问词，往哪儿去。蘩（fán）：白蒿。叶片形状很像艾叶，根茎可食，古代常用来祭祀。

②沼：水池。沚（zhǐ）：水中小洲。

③事：此指祭祀。

④涧：山夹水曰涧。

⑤宫：宗庙，代指祭典。

⑥被（bì）：通“髲”，取他人之发编结披戴的发饰，相当于今天的假发。僮（tóng）僮：很多的样子。

⑦夙：早。

⑧祁（qí）祁：首饰繁多的样子。

《采蘩》是一首描述采白蒿的劳动者辛苦劳动的诗歌。这首诗自始至终都透露出一种悲凉的感情。

草　虫

喓喓草虫[1]，趯趯阜螽[2]。未见君子，忧心忡忡[3]。亦既见止[4]，亦既觏止[5]，我心则降。

陟彼南山[6]，言采其蕨[7]。未见君子，忧心惙惙[8]。亦既见止，亦既觏止，我心则说[9]。

陟彼南山，言采其薇[10]。未见君子，我心伤悲。亦既见止，亦既觏止，我心则夷[11]。

注释

①喓（yāo）喓：虫鸣声。草虫：蝈蝈。

②趯（tì）趯：昆虫跳跃之状。阜螽（zhōng）：蚱蜢。

③忡（chōng）忡：心跳。

④止：语气助词。

⑤觏（gòu）：相会。

⑥陟（zhì）：升，登。

⑦蕨（jué）：植物名，蕨菜，嫩叶可食用。

⑧惙（chuò）惙：愁苦的样子。

⑨说（yuè）：通“悦”。

⑩薇：野菜，嫩苗可食用。

⑪夷：平。

自古以来，月有阴晴圆缺，人有悲欢离合，虽然有情人都盼望能够长相厮守，但是分别不会依人的意愿而有所改变。所以，当遭遇离别的时候，情人们能做的就只有在心中默默思念彼此，用想象来慰藉自己的心灵了。

采　蘋

于以采蘋[1]，南涧之滨。于以采藻[2]，于彼行潦[3]。
于以盛之，维筐及筥[4]。于以湘之[5]，维锜及釜[6]。
于以奠之[7]，宗室牖下[8]。谁其尸之[9]，有齐季女[10]。

注释

①蘋：多年生水草。

②藻：水藻。

③行潦（háng lǎo）：沟中积水。

④筥（jǔ）：圆形的筐。

⑤湘：烹、煮。

⑥锜（qí）：三足锅。釜（fǔ）：炊具。

⑦奠：放置。

⑧宗室：宗庙、祠堂。牖（yǒu）：天窗。

⑨尸：主持祭祀。

⑩齐（zhāi）：通“斋”，恭敬。季：少、小。

这是一篇简单纯挚的诗歌，它通过描写一位士族少女在祭祀中所表现出来的种种礼仪和美德，展现了初期礼制社会的风貌。

甘　棠

蔽芾甘棠[1]，勿翦勿伐[2]，召伯所茇[3]。
蔽芾甘棠，勿翦勿败[4]，召伯所憩[5]。
蔽芾甘棠，勿翦勿拜[6]，召伯所说[7]。

注释

①蔽芾（fèi）：树木高大茂密。甘棠：棠梨树，落叶乔木，果实圆而小，味涩可食。

②翦：同“剪”。伐：砍伐。

③召伯：召公，名奭（shì），姬姓，封于燕。茇（bá）：草舍，此处作动词用，居住的意思。

④败：毁坏。

⑤憩（qì）：休息。

⑥拜：掰手，擘。

⑦说（shuì）：通“税”，休憩。

《甘棠》是一首颂歌，一首怀念召公的诗作。尽管也有人认为此诗“怀讽刺”之意，但更多学者都认为是怀颂之作。

行露

厌浥行露[1]，岂不夙夜，谓行多露[2]。

谁谓雀无角[3]，何以穿我屋，谁谓女无家[4]，何以速我狱[5]？虽速我狱，室家不足[6]！

谁谓鼠无牙，何以穿我墉[7]，谁谓女无家，何以速我讼[8]？虽速我讼，亦不女从！

注释

①厌浥（yì）：沾湿。行：道路。

②谓：同“畏”，意指害怕露浓。

③角：鸟嘴。

④女：同“汝”，你。无家：没有成家。

⑤速：招致。狱：诉讼，打官司。

⑥室家不足：要求成婚的理由不充分。

⑦墉（yōng）：墙。

⑧讼：诉讼。

这首诗很有意思。它像是一组誓言，又像是一篇讨伐词，还像是一纸辩护词。更有意思的是，一首小诗竟然聚讼纷纭，多方争执。

羔　羊

羔羊之皮，素丝五纶[1]。退食自公，委蛇委蛇[2]。
羔羊之革[3]，素丝五緎[4]。委蛇委蛇，自公退食。
羔羊之缝[5]，素丝五总[6]。委蛇委蛇，退食自公。

注释

①纶（tuó）：古代用以计算丝缕的量词，五丝或二丝称纶。
②委蛇（wēi yí）：悠闲自得的样子。
③革：皮。
④緎（yù）：古时计算丝的单位。丝二十缕为緎。
⑤缝：缝合之处。
⑥总：八十根丝为一总。

这首诗描述了士大夫日常生活中的一个小片段，诗人冷静、客观、不动声色的笔法，使场景真实可信。

殷其雷

殷其雷[①]，在南山之阳[②]。何斯违斯[③]？莫敢或遑[④]。振振君子[⑤]，归哉归哉！

殷其雷，在南山之侧。何斯违斯？莫敢遑息。振振君子，归哉归哉！

殷其雷，在南山之下。何斯违斯？莫敢遑处[⑥]。振振君子，归哉归哉！

注释

①殷（yǐn）：雷声。

②阳：山南为阳。

③斯：指示词。前一“斯”字指此人，后一“斯”字指此地。违：离去。

④或：有。遑（huáng）：闲暇。

⑤振振：仁厚的样子。

⑥处：停留。

《殷其雷》是一首描写妻子在雷声阵阵的天气中思念、担心丈夫的诗，后世对这首诗的解读没有多少分歧，古今学者对其主旨的观点也比较一致。

摽有梅

摽有梅[①]，其实七兮。求我庶士[②]，迨其吉兮[③]。
摽有梅，其实三兮。求我庶士，迨其今兮[④]。
摽有梅，顷筐塈之[⑤]。求我庶士，迨其谓之[⑥]。

注释

①摽（biào）：坠落。
②庶：很多。士：未婚的男子。
③迨（dài）：及。吉：好日子。
④今：现在。
⑤塈（jì）：取。
⑥谓：开口说话，告诉。

《摽有梅》一诗表达了逾龄未嫁女子盼望出嫁的急切心情。这种热烈的渴望似乎不符合古人对闺中女子的礼教规范，但是，只要了解西周特殊的婚嫁礼俗，就不难理解这首诗了。

小　星

嘒彼小星[1]，三五在东[2]。肃肃宵征[3]，夙夜在公，寔命不同[4]。

嘒彼小星，维参与昴[5]。肃肃宵征，抱衾与裯[6]，寔命不犹[7]。

注释

①嘒（huì）：微光闪烁。

②三五：参宿三星，昴宿五星。

③肃肃：急急忙忙的样子。宵：天未亮以前。征：行。

④寔：是。

⑤参（shēn）、昴（mǎo）：星宿名。

⑥衾（qīn）：被子。裯（chóu）：床帐。

⑦犹：若，如。

小星，指的是不时眨着眼睛的亮晶晶的小星星，它们闪耀着微弱的光芒，散布在天际。《小星》这首诗，描述像小星一样的、位卑职微的小吏们昼夜奔忙的生活，字里行间流露出对他们命运的不平和惋惜。

江有汜

江有汜[①]，之子归，不我以，不我以，其后也悔。
江有渚[②]，之子归，不我与，不我与，其后也处[③]。
江有沱[④]，之子归，不我过，不我过，其啸也歌[⑤]。

注释

①汜（sì）：由主流分出而后重新汇合的河水。

②渚（zhǔ）：水中小洲。

③处：忧愁。

④沱（tuó）：江的支流。

⑤啸：号哭。

这是一首弃妇诗，弃妇诗大多抒写因婚姻破裂或丈夫变心而被抛弃的女子的内心感受。

野有死麕

野有死麕[①]，白茅包之。有女怀春[②]，吉士诱之[③]。
林有朴樕[④]，野有死鹿。白茅纯束[⑤]，有女如玉。
舒而脱脱兮[⑥]，无感我帨兮[⑦]，无使尨也吠[⑧]。

注释

①麕（jūn）：同“麇”，獐子。

②怀春：思春。

③吉士：对男子的美称。

④朴樕（sù）：丛生的小型灌木。

⑤纯束：捆扎，包裹。

⑥舒：舒缓。脱（duì）脱：动作文雅舒缓。

⑦感（hàn）：通“撼”，动摇的意思。帨（shuì）：围裙。

⑧尨（máng）：多毛的狗。

《野有死麕》是《诗经》中迄今争议最多的诗歌之一。大致是说茂盛的山野中有只死去的獐子，白茅紧紧地包裹着它，村子里的妙龄少女春心萌动，幻想着爱情的如梦如幻，英俊的小伙子拿起锄头，背起镐头，看见可爱的姑娘们，便更加卖力地劳动，心里却暗自想着怎么追求自己心仪的女孩子。

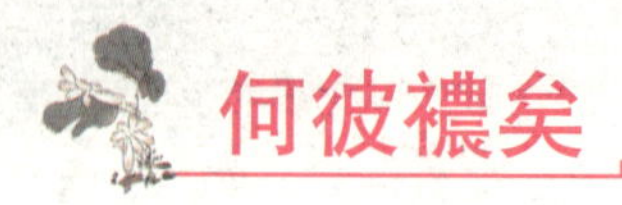

何彼襛矣

何彼襛矣[①]？唐棣之华[②]。曷不肃雍[③]？王姬之车[④]。
何彼襛矣？华如桃李。平王之孙[⑤]，齐侯之子[⑥]。
其钓维何？维丝伊缗[⑦]。齐侯之子，平王之孙。

注释

①襛（nóng）：繁盛的样子。

②唐棣（dì）：植物名。属蔷薇科，花白色，有芳香。

③曷：何。肃：庄严肃静的样子。雍（yōng）：雍容、安详。

④王姬：君主的女儿。

⑤平王：东周第一代君主，名宜臼。

⑥齐侯之子：齐国诸侯之子。

⑦缗（mín）：钓鱼的绳。

每段爱情都需要一个外在的契机，或者满足一个般配的条件。两千多年前的《何彼襛矣》便是一首描述门当户对的爱情诗。

驺虞

彼茁者葭[①]，壹发五豝[②]，于嗟乎驺虞[③]！
彼茁者蓬[④]，壹发五豵[⑤]，于嗟乎驺虞！

注释

①茁（zhuó）：壮实。葭（jiā）：芦苇。

②豝（bā）：母猪。

③于嗟乎：感叹词，表示惊异、赞美。驺虞（zōu yú）：官家的猎人。

④蓬：蓬蒿。

⑤豵（zōng）：小猪。

《驺虞》表现出古代先民拙朴无华的愿望与对美好生活的真切向往。

邶风

柏舟

泛彼柏舟[1]，亦泛其流。耿耿不寐[2]，如有隐忧[3]。微我无酒[4]，以敖以游。

我心匪鉴，不可以茹[5]。亦有兄弟，不可以据[6]。薄言往愬[7]，逢彼之怒。

我心匪石，不可转也。我心匪席，不可卷也。威仪棣棣[8]，不可选也[9]。

忧心悄悄[10]，愠于群小[11]。觏闵既多[12]，受侮不少。静言思之，寤辟有摽[13]。

日居月诸[14]，胡迭而微[15]。心之忧矣，如匪浣衣。静言思之，不能奋飞。

注释

①泛：浮行，漂流。

②耿耿：不安的样子。

③隐：深。

④微：非，不是。

⑤茹（rú）：容纳。

⑥据：依靠。

⑦愬（sù）：同“诉”，告诉。

关于《柏舟》一诗的主题，有两种说法，有人认为它是弃妇对不幸命运的控诉诗，还有人认为这首诗表现的是怀才不遇、遭人谗害的君子内心的痛苦。

⑧棣棣：雍容娴雅的样子。

⑨选：算，计算。

⑩悄悄：忧愁的样子。

⑪愠（yùn）：恼怒，怨恨。

⑫觏（gòu）：遭逢。闵（mǐn）：忧伤。

⑬寤：交互。辟（pì）：捶打。摽（biào）：垂胸。

⑭居、诸：语气助词。

⑮迭：更替。微：无光。

绿衣

绿兮衣兮，绿衣黄里。心之忧矣，曷维其已[①]。
绿兮衣兮，绿衣黄裳[②]。心之忧矣，曷维其亡。
绿兮丝兮，女所治兮[③]。我思古人[④]，俾无訧兮[⑤]。
絺兮绤兮[⑥]，凄其以风[⑦]。我思古人，实获我心[⑧]。

注释

①曷：何。已：止。

②裳：下衣，形状如今天的裙子。

③女（rǔ）：同“汝”。治：缝制。

④古人：故人，指已亡故之人。

⑤俾（bǐ）：使。訧（yóu）：过失。

⑥絺（chī）：细葛布。绤（xì）：粗葛布。

⑦凄：凉而有寒意。

⑧获：得。

《绿衣》是悼亡诗的开山之作，它在中国文学史上有着十分巨大的影响力，晋朝潘岳的《悼亡诗》便深受其影响。

燕燕

燕燕于飞[①]，差池其羽[②]。之子于归[③]，远送于野。瞻望弗及，泣涕如雨[④]。

燕燕于飞，颉之颃之[⑤]。之子于归，远于将之[⑥]。瞻望弗及，伫立以泣。

燕燕于飞，下上其音。之子于归，远送于南[⑦]。瞻望弗及，实劳我心[⑧]。

仲氏任只[⑨]，其心塞渊[⑩]。终温且惠[⑪]，淑慎其身[⑫]。先君之思[⑬]，以勖寡人[⑭]。

注释

①燕燕：燕子。

②差（cī）池：不整齐。

③于归：出嫁。

④涕：眼泪。

⑤颉（xié）：上飞。颃（háng）：下飞。

⑥将：送。

⑦南：南方。

⑧劳：使操劳。

⑨仲：排行第二。氏：姓氏。任：信任。

清代诗人王士禛将《燕燕》一诗推举为“万古送别之祖”（《带经堂诗话》）。在所有的情绪中，离愁应该算是一种凄美绝伦的感受。

⑩塞：诚实。渊：深厚。

⑪终：既，已经。

⑫淑：善良。慎：谨慎。

⑬先君：已故的国君。

⑭勖（xù）：勉励。寡人：寡德之人，庄姜自称。

日　月

日居月诸[①]，照临下土。乃如之人兮[②]，逝不古处[③]。胡能有定[④]，宁不我顾[⑤]。

日居月诸，下土是冒[⑥]。乃如之人兮，逝不相好[⑦]。胡能有定，宁不我报。

日居月诸，出自东方。乃如之人兮，德音无良[⑧]。胡能有定，俾也可忘[⑨]。

日居月诸，东方自出。父兮母兮，畜我不卒[⑩]。胡能有定，报我不述[⑪]。

注释

①居、诸：语气助词。

②之人：这样的人。

③逝：语气助词。

④胡：怎么。定：止。

⑤宁：难道。顾：顾念。

⑥冒：覆盖，照耀。

⑦相好：和我交好。

⑧德音：好话。

⑨俾：使。

⑩畜：养育。

⑪不述：不遵循义理。

“天”字出头便是“夫”，在女子以夫为大的时代，丈夫就是生命里光辉的日月。丈夫离开自己对她们来说，犹如大地失去了天上的日月，万物皆会丧失生命。

终 风

终风且暴[①]，顾我则笑[②]。谑浪笑敖[③]，中心是悼[④]。
终风且霾[⑤]，惠然肯来[⑥]。莫往莫来[⑦]，悠悠我思。
终风且曀[⑧]，不日有曀[⑨]。寤言不寐[⑩]，愿言则嚏[⑪]。
曀曀其阴，虺虺其雷[⑫]。寤言不寐，愿言则怀[⑬]。

注释

①暴：疾风。

②则：而。

③谑：戏谑。浪：放荡。

④中心：心中。悼：烦忧，害怕。

⑤霾（mái）：沙尘飞扬的景象。

⑥惠然：友好的样子。

⑦莫往莫来：不相往来。

⑧曀（yì）：阴云密布。

⑨不日：不见太阳。有：同“又”。

⑩寤：醒着。寐：睡着。

⑪嚏（tì）：打喷嚏。

⑫虺（huǐ）虺：雷声。

⑬怀：思念。

《诗经》特别善于揣摩女性心理，这首《终风》将一个热恋中女子既爱且怨的微妙心理描写得相当透彻。

击 鼓

击鼓其镗[①]，踊跃用兵[②]。土国城漕[③]，我独南行。
从孙子仲[④]，平陈与宋[⑤]。不我以归[⑥]，忧心有忡[⑦]。
爰居爰处[⑧]，爰丧其马[⑨]。于以求之[⑩]，于林之下。
死生契阔[⑪]，与子成说[⑫]。执子之手，与子偕老。
于嗟阔兮[⑬]，不我活兮[⑭]。于嗟洵兮[⑮]，不我信兮[⑯]。

注释

①镗（tāng）：鼓声。

②踊跃：双声联绵词，跳跃，表示高兴。

③土国城漕：卫国大兴土木，筑造漕城。

④孙子仲：人名，统兵的主帅。

⑤平：和，调停。陈与宋：陈国与宋国。

⑥不我以归：不以我归，意思是长期不许我回家。

⑦忡（chōng）：忧愁。

⑧爰（yuán）：何处，哪里。

⑨丧：丧失，此处有跑失之意。

⑩于以：于何。

⑪契阔：聚散。

⑫成说：誓约。

⑬于嗟：感叹词。

“执子之手，与子偕老。”多么真诚、朴素的愿望。可是征夫竟没有实现这个愿望的机会，而导致征夫失约的正是无休无止的战争。等待征夫和他妻子的很可能是“可怜无定河边骨，犹是春闺梦里人”的命运。

⑭不：不许。

⑮洵：远。

⑯信：讲信用。

凯风

凯风自南[1]，吹彼棘心[2]。棘心夭夭[3]，母氏劬劳[4]。

凯风自南，吹彼棘薪[5]。母氏圣善[6]，我无令人[7]。

爰有寒泉，在浚之下[8]。有子七人，母氏劳苦。

睍睆黄鸟[9]，载好其音[10]。有子七人，莫慰母心。

注释

①凯风：和风。

②棘：酸枣树。

③夭夭：树木娇嫩的样子。

④劬（qú）劳：劳累。

⑤棘薪：可以当柴烧的酸枣树。

⑥圣善：明事理，有美德。

⑦令：善。

⑧浚（xùn）：卫国地名。

⑨睍睆（xiàn huǎn）：美丽，好看。

⑩载：传载。

中国古人信奉“百善孝为先”的美德，这首《凯风》就是古代先民孝敬之心的反映。

雄雉

雄雉于飞，泄泄其羽[①]。我之怀矣，自诒伊阻[②]。
雄雉于飞，下上其音。展矣君子[③]，实劳我心[④]。
瞻彼日月[⑤]，悠悠我思[⑥]。道之云远[⑦]，曷云能来。
百尔君子[⑧]，不知德行。不忮不求[⑨]，何用不臧[⑩]。

注释

①泄（yì）泄：慢慢飞的样子。

②诒（yí）：留。伊：语气助词。阻：阻隔。

③展：诚实。

④劳：劳苦。

⑤瞻（zhān）：看。

⑥悠悠：绵绵不绝。

⑦云：语气助词。

⑧百：众多。

⑨忮（zhì）：害人，忌恨。

⑩臧（zāng）：善。

古代时有战争发生，频发的战争下就出现了“思妇”这一特殊群体。思妇的哀怨占领了我国古典文学的一方阵地，《诗经》则是这块阵地上率先的开辟者。这首《雄雉》便是一位贵族少妇思念远行丈夫的诗。

匏有苦叶

匏有苦叶[1]，济有深涉[2]。深则厉[3]，浅则揭[4]。
有弥济盈[5]，有鷕雉鸣[6]。济盈不濡轨[7]，雉鸣求其牡[8]。
雝雝鸣雁[9]，旭日始旦[10]。士如归妻[11]，迨冰未泮[12]。
招招舟子[13]，人涉卬否[14]。人涉卬否，卬须我友。

注释

①匏（páo）：葫芦。

②济：水名，源出河南济源王屋山。

③厉：不解衣涉水。

④揭（qì）：提起下衣渡水。

⑤弥（mí）：水满的样子。盈：满。

⑥鷕：雌雉的叫声。

⑦濡：沾湿。轨：车轴的两端。

⑧牡：雄性的野鸡。

⑨雝（yōng）雝：大雁的和鸣之声。

⑩旦：天亮。

⑪归妻：娶妻。

⑫泮（pàn）：冰解。

⑬舟子：摆渡的船夫。

⑭卬（áng）：我。否：不（渡河）。

《匏有苦叶》通过情境、对话、神态描写，生动再现了一名在渡口等候情人的女子焦灼而又喜悦的心情。

谷风

习习谷风[①]，以阴以雨。黾勉同心[②]，不宜有怒。采葑采菲[③]，无以下体[④]。德音莫违，及尔同死。

行道迟迟[⑤]，中心有违。不远伊迩[⑥]，薄送我畿[⑦]。谁谓荼苦[⑧]，其甘如荠[⑨]。宴尔新婚[⑩]，如兄如弟。

泾以渭浊[⑪]，湜湜其沚[⑫]。宴尔新昏[⑬]，不我屑以[⑭]。毋逝我梁[⑮]，毋发我笱[⑯]。我躬不阅[⑰]，遑恤我后[⑱]。

就其深矣，方之舟之[⑲]。就其浅矣，泳之游之。何有何亡，黾勉求之。凡民有丧，匍匐救之[⑳]。

不我能慉[㉑]，反以我为仇。既阻我德[㉒]，贾用不售[㉓]。昔育恐育鞫[㉔]，及尔颠覆[㉕]。既生既育，比予于毒[㉖]。

我有旨蓄[㉗]，亦以御冬。宴尔新昏，以我御穷[㉘]。有洸有溃[㉙]，既诒我肄[㉚]。不念昔者，伊余来塈[㉛]。

注释

①习习：形容风声。谷风：来自山谷的风。

②黾（mǐn）勉：勤勉，努力。

③葑（fēng）：蔓菁，俗称大头菜，叶、根可食用。菲：萝卜。

④下体：根。

⑤迟迟：迟缓。

⑥迩：近。
⑦畿（jī）：指门槛。
⑧荼（tú）：苦菜。
⑨荠：荠菜。
⑩宴：快乐。
⑪泾、渭：河名。
⑫湜（shí）湜：水清见底的样子。
⑬新昏：即新婚，指丈夫另娶。
⑭不我屑以：不愿与我亲近。
⑮梁：捕鱼水坝。
⑯笱（gǒu）：鱼篓。
⑰阅：容纳。
⑱恤（xù）：忧，顾及。
⑲方：并船。
⑳匍匐：手足伏地而行，此处指尽力。
㉑慉（xù）：爱惜。
㉒阻：拒绝。
㉓贾（gǔ）：卖。
㉔鞫（jū）：穷困。
㉕颠覆：艰难，患难。
㉖毒：毒虫。
㉗旨：甘美。
㉘御：抵挡。
㉙洸（guāng）：粗暴。溃（kuì）：发怒。
㉚诒：遗。肄：劳苦的活计。
㉛伊：唯。来：语气助词。塈：爱。

“弃捐箧笥中，恩情中道绝。”班婕妤的弃妇诗道出了后宫佳丽一旦人老珠黄就如同残花败柳般被冷落的残酷现实。

式　微

式微，式微[①]，胡不归？微君之故[②]，胡为乎中露[③]？
式微，式微，胡不归？微君之躬[④]，胡为乎泥中？

注释

①式：语气助词。微：（日光）衰微，黄昏或曰天黑。
②微：非。
③中露：露中，露水之中。倒文以叶韵。
④躬：身体。

全诗短小精悍，寥寥几笔，描绘了受压迫、受奴役的人们困难的处境，同时还婉转表达了对统治者的不满和控诉。

旄丘

旄丘之葛兮[1]，何诞之节兮[2]？叔兮伯兮[3]，何多日也？
何其处也？必有与也。何其久也？必有以也。
狐裘蒙戎[4]，匪车不东[5]。叔兮伯兮，靡所与同[6]。
琐兮尾兮[7]，流离之子。叔兮伯兮，褎如充耳[8]。

注释

①旄（máo）丘：前高后低的土山。

②诞：延，长。

③叔、伯：此处指卫国诸臣。

④蒙戎：蓬松，散乱。

⑤匪：同“非”。

⑥靡：没有。

⑦琐：细小。尾：卑微。

⑧褎（yòu）：聋。充耳：塞耳。

《旄丘》结构清晰，将对比、比兴、铺陈穿插使用，手法巧妙。诗人并没有刻意点染，但黎臣的凄凉哀婉显露无遗，无愧陈震《读诗识小录》中“前半哀音曼响，后半变徵流商”的不俗评价。

简　兮

简兮简兮[1]，方将万舞[2]。日之方中，在前上处[3]。

硕人俣俣[4]，公庭万舞。有力如虎，执辔如组[5]。

左手执籥[6]，右手秉翟[7]。赫如渥赭[8]，公言锡爵[9]。

山有榛[10]，隰有苓[11]。云谁之思，西方美人。彼美人兮，西方之人兮。

注释

①简：威武。

②方将：将要。万舞：一种舞蹈形式。

③在前上处：前列的第一个。此处指舞列的第一名。

④硕：硕大。俣（yǔ）俣：魁梧健美。

⑤辔：马缰绳。组：丝织的宽带子。

⑥籥（yuè）：古乐器。

⑦翟（dí）：野鸡尾巴上的羽毛。

⑧赫（hè）：红色。渥（wò）：厚。赭（zhě）：赤褐色。

⑨锡：赐。爵：青铜制酒器，用来温酒和盛酒。

⑩榛（zhēn）：榛树，落叶灌木。花黄褐色，果实叫榛子，果皮坚硬，果肉可食。

⑪隰（xí）：湿地。苓（líng）：一种苦药。

全诗以旁观者的身份对一位舞蹈者进行由衷的赞扬。细读此诗，可推测旁观者是一位文静淡雅、有素质、有修养的女子，她看到了一位高大魁梧、英俊潇洒的男子翩翩起舞，不由得欣喜万分，赞叹不已。

泉 水

毖彼泉水[1]，亦流于淇[2]。有怀于卫，靡日不思。娈彼诸姬[3]，聊与之谋[4]。

出宿于泲[5]，饮饯于祢[6]。女子有行[7]，远父母兄弟，问我诸姑，遂及伯姊。

出宿于干，饮饯于言[8]。载脂载舝[9]，还车言迈[10]。遄臻于卫[11]，不瑕有害[12]。

我思肥泉[13]，兹之永叹。思须与漕[14]，我心悠悠[15]。驾言出游，以写我忧[16]。

注释

①毖（bì）：泉水涌流的样子。

②淇：淇水，卫国河名。

③娈（luán）：美好的样子。诸姬：指卫国的同姓之女，卫国的国君姓姬。

④聊：姑且。

⑤泲（jǐ）：古地名。

⑥饯（jiàn）：以酒送行。祢（nǐ）：古地名，今山东菏泽西。

⑦行：指女子出嫁。

⑧干、言：均为卫国地名。

⑨脂：涂车轴的油脂。舝（xiá）：车轴两头的金属键。

《泉水》是一首凄婉悱恻的思归诗。

⑩迈：远行。

⑪遄（chuán）：疾速。臻：至。

⑫瑕：何。

⑬肥泉：地名。

⑭须、漕：皆为卫国的城邑。

⑮悠悠：忧愁深长。

⑯写：宣泄，排除。

北　门

出自北门，忧心殷殷[①]。终窭且贫[②]，莫知我艰。已焉哉！天实为之，谓之何哉[③]！

王事适我[④]，政事一埤益我[⑤]。我入自外，室人交遍谪我[⑥]。已焉哉！天实为之，谓之何哉！

王事敦我[⑦]，政事一埤遗我[⑧]。我入自外，室人交遍摧我[⑨]。已焉哉！天实为之，谓之何哉！

注释

①殷殷：十分忧伤。

②终：既。窭（jù）：贫寒，艰窘。

③谓：奈何不得。

④王事：王家之事，此处指有关王室的事务。适（zhì）：派。

⑤政事：公家的事。埤（pí）益：增加。

⑥谪（zhé）：谴责。

⑦敦：逼迫。

⑧埤遗：同“埤益”。

⑨摧：讥讽，讽刺。

《北门》是一首怨诗，是一个位卑任重、处境困顿的小官吏的怨愤。

北风

北风其凉，雨雪其雱[1]。惠而好我[2]，携手同行。其虚其邪[3]，既亟只且[4]。

北风其喈[5]，雨雪其霏[6]。惠而好我，携手同归[7]。其虚其邪，既亟只且。

莫赤匪狐[8]，莫黑匪乌。惠而好我，携手同车。其虚其邪，既亟只且。

注释

①雨（yù）雪：下雪。雨作动词用。雱（páng）：雪下得很大的样子。

②惠而：爱好。

③虚邪：徐缓。

④亟：急迫。

⑤喈（jiē）：通“湝”，寒凉。

⑥霏（fēi）：雨雪纷飞。

⑦同归：一起到较好的他国去。

⑧莫赤匪狐：没有不红的狐狸。

《北风》一诗构建的风雪世界，仅有凄怆的萧索，没有丝毫美感：放眼望去，破落的车队在泥泞的路上走走停停，北风刺骨，吹乱了车帷和须发，大雪纷纷，遮盖了本就辨识不出的道路。车中之人，既不是久征沙场的战士，也不是终日辛劳的农人，而是一批锦衣玉食、整日舞文弄墨的贵族。

静女

静女其姝[1]，俟我于城隅[2]。爱而不见[3]，搔首踟蹰[4]。
静女其娈[5]，贻我彤管[6]。彤管有炜[7]，说怿女美[8]。
自牧归荑[9]，洵美且异[10]。匪女之为美，美人之贻。

注释

①静女：贞静娴雅之女。朱熹《诗集传》：“静者，闲雅之意。”姝（shū）：美好。

②俟（sì）：等待。城隅（yú）：城角隐蔽处。

③爱而：隐蔽的样子。

④踟蹰（chí chú）：徘徊不定。

⑤娈：面目姣好。

⑥贻（yí）：赠。彤管：指红管草。

⑦炜（wěi）：盛明的样子，有光彩。

⑧说怿（yuè yì）：“悦怿”，喜悦。

⑨牧：野外。荑（tí）：初生的白茅，象征婚媾。

⑩洵（xún）：实在，诚然。异：特殊。

《静女》一诗语言清新活泼，生动有趣。无论是男子欣喜若狂、满脸爱意的神态，还是女子姣好的容貌和活泼可爱的性格，都如在目前，使它无愧享有“写形写神之妙”（陈震《读诗识小录》）的美誉。

新　台[1]

新台有泚[2]，河水弥弥[3]。燕婉之求[4]，籧篨不鲜[5]。
新台有洒[6]，河水浼浼[7]。燕婉之求，籧篨不殄[8]。
鱼网之设，鸿则离之[9]。燕婉之求，得此戚施[10]。

注释

①新台：卫宣公替世子伋娶齐女，听说齐女漂亮，就在河边筑一座新台，把齐女给自己娶来，称为宣姜。

②有泚（cǐ）：很鲜明的样子。

③河水：此处指黄河。弥（mǐ）弥：大水茫茫。

④燕婉：安乐、美好。

⑤籧篨（qú chú）：蛤蟆。鲜：善。

⑥有洒（cuǐ）：高峻。

⑦浼（měi）浼：水满的样子。

⑧殄（tiǎn）：和善。

⑨鸿：指蛤蟆。离：通“罹”，罹难，遭受。

⑩戚施：驼背的人。这里指蛤蟆。

《新台》实质上揭示了封建道德的虚伪性。统治者要求百姓遵从礼教，自己却寡廉鲜耻；要求百姓规规矩矩，自己却为所欲为。卫宣公即是一个典型的例子，人们正是要借着这种现象批判荒淫无度、治国无方的统治者，表达自己愤愤不平的心情。

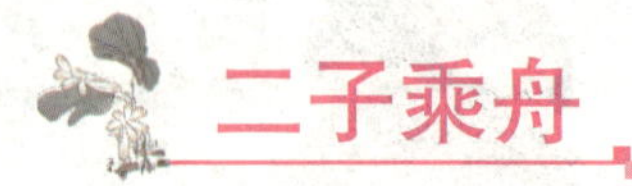

二子乘舟

二子乘舟，泛泛其景[1]。愿言思子[2]，中心养养[3]。
二子乘舟，泛泛其逝。愿言思子，不瑕有害[4]。

注释

①泛泛：漂荡的样子。景：通“憬”，远行。
②愿：思念。
③养（yáng）养：心神不定，烦躁不安。
④不瑕：不无，是疑惑、揣测之词。

送别诗是中国诗歌史上不容忽视的存在，追源溯流，可从《诗经》中略窥一二。《二子乘舟》便是一首动情的送别之诗。

鄘风

柏舟

汎彼柏舟，在彼中河。髧彼两髦[①]，实维我仪[②]。之死矢靡它[③]！母也天只[④]，不谅人只[⑤]！

汎彼柏舟，在彼河侧。髧彼两髦，实维我特[⑥]。之死矢靡慝[⑦]！母也天只，不谅人只！

注释

①髧（dàn）：头发下垂的样子。两髦（máo）：古代男子未行冠礼前，头发齐眉，分向两边的样式。

②仪：配偶。

③之：到。矢：誓。靡：无。

④只：语气助词。

⑤谅：相信。

⑥特：与上文的“仪”同义。

⑦慝（tè）：改变。

放下当时那些烦冗的教条与寓意，综观全诗，《柏舟》最富震撼力的仍是女子“之死矢靡它”“之死矢靡慝”的铮铮誓言，这让人不能不联想起汉乐府诗歌《上邪》中“山无棱，江水为竭”一段感天动地的爱情誓言。爱情无论在哪个时代，都有感天动地的誓言与呐喊，都有痛彻心扉的体验与感悟，《柏舟》亦如是。

墙有茨

墙有茨[1]，不可埽也[2]。中冓之言[3]，不可道也[4]。所可道也[5]，言之丑也。

墙有茨，不可襄也[6]。中冓之言，不可详也[7]。所可详也，言之长也。

墙有茨，不可束也。中冓之言，不可读也[8]。所可读也，言之辱也。

注释

①茨（cí）：蒺藜。

②埽：扫，除掉。

③中冓（gòu）：宫中。

④道：说。

⑤所：若。

⑥襄：除去。

⑦详：详细讲述。

⑧读：说出，宣露。

全诗用以不言为言、欲说还休的方式，吊足了读者的胃口，也达到了意想不到的讽刺效果，成为《诗经》里独具特色的一篇佳作。

君子偕老

君子偕老[①]，副笄六珈[②]。委委佗佗[③]，如山如河。象服是宜[④]，子之不淑[⑤]，云如之何[⑥]。

玼兮玼兮[⑦]，其之翟也[⑧]。鬒发如云[⑨]，不屑髢也[⑩]。玉之瑱也[⑪]，象之揥也[⑫]，扬且之皙也[⑬]。胡然而天也[⑭]，胡然而帝也。

瑳兮瑳兮[⑮]，其之展也[⑯]。蒙彼绉絺[⑰]，是绁袢也[⑱]。子之清扬[⑲]，扬且之颜也[⑳]。展如之人兮[㉑]，邦之媛也[㉒]。

注释

①君子：指卫宣公。偕老：夫妻相亲相爱、白头到老。

②副：女人的一种首饰。笄（jī）：簪。珈（jiā）：饰玉。

③委委佗佗：举止雍容华贵、落落大方。

④象服：镶有珠宝、绘有花纹的礼服。

⑤淑：善。

⑥云：句首发语词。如之何：奈之何。

⑦玼（cǐ）：花纹绚烂。

⑧翟：绣着山鸡彩羽的衣服。

⑨鬒（zhěn）：黑发。如云：形容头发浓密。

⑩髢（dí）：假发。

⑪瑱（tiàn）：冠冕上垂在两耳旁的玉。

⑫揥（tì）：发钗一类的首饰。

文章用赋法咏叹宣姜服饰容貌时的精美措辞，让人禁不住感叹汉语的魅惑。“胡然而天也，胡然而帝也”，仿佛天仙降临，给人诸多缥缈恍惚的幻想。“展如之人兮，邦之媛也”，让今人亦能沉溺于其意蕴无穷。

⑬扬：前额宽广方正。且：助词。皙（xī）：白。

⑭胡：怎么。然：这样。

⑮瑳（cuō）：玉色鲜丽洁白。

⑯展：古代夏天穿的一种纱衣。

⑰蒙：覆盖，罩上。絺（chī）：细葛布。

⑱绁袢（xiè fán）：夏天穿的白色内衣。

⑲清扬：眉清目秀。

⑳颜：额头。

㉑展：的确。

㉒媛：美女。

桑 中

爰采唐矣[1]？沬之乡矣[2]。云谁之思？美孟姜矣[3]。期我乎桑中[4]，要我乎上宫[5]，送我乎淇之上矣[6]。

爰采麦矣？沬之北矣。云谁之思？美孟弋矣。期我乎桑中，要我乎上宫，送我乎淇之上矣。

爰采葑矣[7]？沬之东矣。云谁之思？美孟庸矣。期我乎桑中，要我乎上宫，送我乎淇之上矣。

注释

①爰：于何，在哪里。唐：菟丝子，寄生蔓草，秋初开小花，籽实入药。

②沬（mèi）：春秋时期卫国邑名，即牧野，在今河南淇县。乡：郊外。

③孟姜：姜家的长女。

④桑中：地名。

⑤要（yāo）：邀约。

⑥淇：淇水。

⑦葑（fēng）：一种菜名，即芜菁。

这是一首爱情诗，短暂的篇章，记述了一对青年男女多次约会的情景。

鹑之奔奔

鹑之奔奔[1]，鹊之彊彊[2]。人之无良[3]，我以为兄。

鹊之彊彊，鹑之奔奔。人之无良，我以为君。

注释

①鹑：鸟名，即鹌鹑。奔奔：雌雄一起飞的样子。

②鹊：喜鹊。彊彊：同“奔奔”。

③无良：不善。

对于《鹑之奔奔》的解说，呼声最高的当属“讽刺说”，而关于这首诗的讽刺对象，《毛诗序》说：“《鹑之奔奔》，刺卫宣姜也。卫人以为宣姜鹑鹊之不若也。”认为是刺卫宣公夫人，因为她与卫宣公庶子公子顽私通。

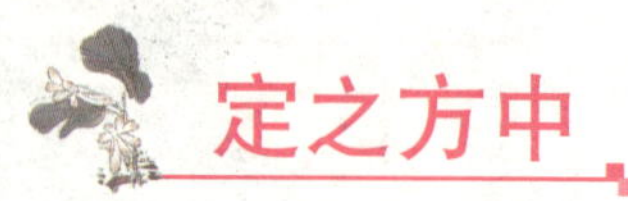

定之方中

定之方中[1]，作于楚宫[2]。揆之以日[3]，作于楚室。树之榛栗，椅桐梓漆，爰伐琴瑟。

升彼虚矣[4]，以望楚矣。望楚与堂[5]，景山与京[6]。降观于桑，卜云其吉[7]，终然允臧[8]。

灵雨既零[9]，命彼倌人[10]，星言夙驾[11]，说于桑田[12]。匪直也人，秉心塞渊[13]，騋牝三千[14]。

注释

①定：定星，又叫营室星。十月之交，定星出现，古人认为此时宜造宫室。

②楚宫：楚丘的宫殿。

③揆（kuí）：测度。日：日影。

④虚：废墟。

⑤堂：楚丘旁的堂邑。

⑥京：高丘。

⑦卜：古人烧龟甲察看裂纹以测吉凶。

⑧臧：好，善。

⑨灵雨：及时雨。零：落。

⑩倌人：驾车小臣。

⑪星：晴。夙：早上。

这首诗是对卫文公的颂扬之作。

⑫说（shuì）：通“税”，歇息。

⑬秉心：用心、操心。塞渊：充实。

⑭騋（lái）：七尺以上的马。牝（pìn）：母马。

蝃蝀

蝃蝀在东①，莫之敢指。女子有行②，远父母兄弟。
朝隮于西③，崇朝其雨④。女子有行，远兄弟父母。
乃如之人也⑤，怀昏姻也⑥。大无信也⑦，不知命也⑧。

注释

①蝃蝀（dì dōng）：彩虹。

②有行：指出嫁。

③隮（jī）：虹。

④崇朝：终朝。

⑤乃如之人：像这样的人。

⑥昏姻：婚姻。

⑦大：太。信：贞信，贞节。

⑧命：父母之命。

作者的心声代表了当时社会的看法，人们已经对她议论纷纷，“莫之敢指”，这个悲惨的结局只能归咎于那个年代，是礼教剥夺了他们自由恋爱的权利，是腐朽的思想禁锢了他们对爱的憧憬。

相　鼠

相鼠有皮[①]，人而无仪[②]。人而无仪，不死何为？
相鼠有齿，人而无止[③]。人而无止，不死何俟[④]？
相鼠有体，人而无礼。人而无礼，胡不遄死[⑤]？

注释

①相：视。
②仪：威仪。
③止：指遵守礼法。
④俟（sì）：等待。
⑤胡：何。遄（chuán）：速。

《诗经》是周代先民思想情感的优美表达，其中不乏对美好事物的尽情赞美，更有对丑恶事物的无情痛斥。而《诗经》的所有讽刺之诗中，《相鼠》要算是骂人骂得最痛快、最尖刻的一首。

干旄

孑孑干旄[1]，在浚之郊[2]。素丝纰之[3]，良马四之。彼姝者子[4]，何以畀之[5]？

孑孑干旟[6]，在浚之都[7]。素丝组之[8]，良马五之。彼姝者子，何以予之？

孑孑干旌[9]，在浚之城。素丝祝之[10]，良马六之。彼姝者子，何以告之？

注释

①孑（jié）孑：高举的样子。干旄（máo）：以牦牛尾饰旗杆，竖于车后，以状威仪。

②浚：地名。

③纰（pí）：在衣冠或旗帜上镶边。

④姝：美好。

⑤畀（bì）：给，予。

⑥旟（yú）：画有鹰隼的旗。

⑦都：古时区域名。

⑧组：编织。

⑨干旌（jīng）：将长尾野鸡毛设于旗杆之首。

⑩祝：编连缝合。

古往今来，君王治国平天下少不了贤人的倾力帮助，尤其是能“运筹帷幄之中，决胜千里之外”的贤人，更得青睐。只要是贤明的君主，都是求贤若渴的。就像《干旄》里的大夫，为了迎接贤人，不惜花尽心思，以隆重的场面和丰厚的回报吸引贤人。

载　驰

载驰载驱[1]，归唁卫侯[2]。驱马悠悠，言至于漕[3]。大夫跋涉，我心则忧。

既不我嘉[4]，不能旋反。视尔不臧[5]，我思不远[6]。既不我嘉，不能旋济。视尔不臧，我思不閟[7]。

陟彼阿丘，言采其蝱[8]。女子善怀[9]，亦各有行[10]。许人尤之[11]，众稚且狂[12]。

我行其野，芃芃其麦[13]。控于大邦[14]，谁因谁极[15]？大夫君子，无我有尤。百尔所思，不如我所之[16]。

注释

①载：语气助词。驰、驱：车马奔跑。

②唁（yàn）：向死者家属表示慰问，此处不仅是哀悼卫侯，还有凭吊宗国危亡之意。

③漕：地名。

④嘉：赞许。

⑤臧：好，善。

⑥思：想法。

⑦閟（bì）：闭塞不通。

⑧言：语助词。蝱：贝母草。

《载驰》仅用百余字，就把宗国的大爱、骨肉的亲情、旷远的胸襟、果决的气度表达得淋漓尽致。

⑨怀：怀恋。

⑩行：指主张。

⑪尤：责怪。

⑫众：通“终”，既是。

⑬芃（péng）芃：草长得很茂盛的样子。

⑭控：往告，赴告。

⑮因：依靠。极：至，此处指援助者的到来。

⑯之：往，行动。

卫风

淇奥

瞻彼淇奥[①]，绿竹猗猗[②]。有匪君子[③]，如切如磋[④]，如琢如磨[⑤]。瑟兮僩兮[⑥]，赫兮咺兮[⑦]。有匪君子，终不可谖兮[⑧]。

瞻彼淇奥，绿竹青青。有匪君子，充耳琇莹[⑨]，会弁如星[⑩]。瑟兮僩兮，赫兮咺兮。有匪君子，终不可谖兮。

瞻彼淇奥，绿竹如箦[⑪]。有匪君子，如金如锡[⑫]，如圭如璧[⑬]。宽兮绰兮，猗重较兮[⑭]。善戏谑兮，不为虐兮。

注释

①淇：淇水，源出河南林县，东经淇县流入卫河。奥：水边深曲的地方。

②猗猗：繁盛而美丽。

③匪：通“斐”，有文采貌。

④切磋：本义是加工玉石骨器，此处引申为讨论研究学问。

⑤琢磨：本义是玉石骨器的精细加工，此处亦引申为学问道德的钻研深究。

⑥瑟：仪容庄重。僩（xiàn）：宽广，博大。

⑦咺（xuān）：有威仪的样子。

⑧谖（xuān）：忘记。

⑨充耳：挂在冠冕两旁的饰物，下垂至耳，一般用玉石制成。

对《淇奥》这首诗的题旨，历来没有什么争议。大多数学者都认为《淇奥》是赞美卫国武公的作品。

琇（xiù）：似玉的美石。

⑩会弁（biàn）：鹿皮帽接合处。

⑪箦（zé）：堆积。

⑫金、锡：黄金和锡，一说铜和锡。

⑬圭：玉制的礼器，在举行隆重仪式时使用。璧：玉制礼器，正圆形，中有小孔，也是贵族朝会或祭祀时使用。

⑭猗：通“倚”，依靠。较：古时车厢两旁作扶手的曲木或铜钩。

考　槃

考槃在涧[①]，硕人之宽[②]。独寐寤言[③]，永矢弗谖[④]。
考槃在阿[⑤]，硕人之薖[⑥]。独寐寤歌，永矢弗过[⑦]。
考槃在陆[⑧]，硕人之轴[⑨]。独寐寤宿，永矢弗告[⑩]。

注释

①槃（pán）：快乐。

②硕人：形象高大丰满的人，不仅指形体高大，更指道德的高尚。

③寐：睡着。寤：睡醒。

④矢：同“誓”。谖：忘却。

⑤阿：山阿，山凹进去的地方。

⑥薖（kē）：舒适，欢畅。

⑦过：忘记，错过。

⑧陆：高而平的地方。

⑨轴：徘徊往复。

⑩告：哀告，诉苦。

《考槃》描写了一位山间隐士的生活和意趣，“考槃”有盘桓之意，指避世隐居。

硕人[1]

硕人其颀[2]，衣锦褧衣[3]。齐侯之子[4]，卫侯之妻[5]，东宫之妹[6]，邢侯之姨[7]，谭公维私[8]。

手如柔荑[9]，肤如凝脂[10]，领如蝤蛴[11]，齿如瓠犀[12]，螓首蛾眉[13]。巧笑倩兮[14]，美目盼兮[15]。

硕人敖敖[16]，说于农郊[17]。四牡有骄[18]，朱幩镳镳[19]，翟茀以朝[20]。大夫夙退[21]，无使君劳。

河水洋洋[22]，北流活活[23]，施罛濊濊[24]，鳣鲔发发[25]，葭菼揭揭[26]。庶姜孽孽[27]，庶士有朅[28]。

注释

①硕人：高大白胖的美人。

②颀（qí）：修长。

③衣锦：穿着锦制的衣服。“衣”作动词用。褧（jiǒng）：布罩衣。

④齐侯：指齐庄公。子：此处指女儿。

⑤卫侯：指卫庄公。

⑥东宫：太子居处。

⑦姨：此处指妻子的姐妹。

⑧私：女子称其姊妹之夫为“私”。

⑨柔荑（tí）：白茅柔嫩之芽。

⑩凝脂：凝结的油脂。

⑪领：颈部。蝤蛴（qiú qí）：天牛的幼虫，色白身长。

⑫瓠犀：葫芦籽。因色白，排列整齐，所以常用来比喻美人的牙齿。

⑬螓（qín）首：形容前额丰满开阔。蛾眉：蚕蛾触角，细长而曲。这里形容眉毛细长弯曲。

⑭倩：嘴角间好看的样子。

⑮盼：眼珠转动。

⑯敖敖：修长高大貌。

⑰说：停车。

⑱牡：雄马。有骄：强壮的样子。

⑲朱幩（fén）：用红绸布缠饰的马嚼子。镳（biāo）镳：盛美的样子。

⑳翟茀（fú）以朝：野鸡毛羽作为车后的装饰。

《硕人》，便是男人对女子的赞扬，它所罗列的美的标准，千年前是这样，现在依然不曾改变。

㉑夙退：早早退朝。

㉒河水：此处特指黄河。洋洋：水流浩荡的样子。

㉓北流：指黄河在齐、卫间北流入海。活活：水流声。

㉔罛（gū）：大的渔网。涉（huò）涉：撒网入水声。

㉕鳣（zhān）：大鲤鱼。鲔（wěi）：鲟鱼。发（bō）发：鱼尾击水之声。

㉖葭（jiā）：初生的芦苇。菼（tǎn）：初生的荻草。揭揭：很长的样子。

㉗庶姜：指随嫁的姜姓众女。孽孽：高大的样子。

㉘庶士：文姜的陪从。朅（qiè）：勇武。

氓

氓之蚩蚩[①]，抱布贸丝[②]。匪来贸丝，来即我谋。送子涉淇[③]，至于顿丘[④]。匪我愆期[⑤]，子无良媒。将子无怒[⑥]，秋以为期。

乘彼垝垣[⑦]，以望复关[⑧]。不见复关，泣涕涟涟。既见复关，载笑载言[⑨]。尔卜尔筮[⑩]，体无咎言[⑪]。以尔车来，以我贿迁[⑫]。

桑之未落，其叶沃若[⑬]。于嗟鸠兮[⑭]，无食桑葚[⑮]。于嗟女兮，无与士耽[⑯]。士之耽兮，犹可说也[⑰]。女之耽兮，不可说也。

桑之落矣，其黄而陨[⑱]。自我徂尔[⑲]，三岁食贫。淇水汤汤[⑳]，渐车帷裳[㉑]。女也不爽[㉒]，士贰其行[㉓]。士也罔极[㉔]，二三其德[㉕]。

三岁为妇，靡室劳矣[㉖]。夙兴夜寐[㉗]，靡有朝矣。言既遂矣，至于暴矣[㉘]。兄弟不知，咥其笑矣[㉙]。静言思之，躬自悼矣[㉚]。

及尔偕老，老使我怨。淇则有岸，隰则有泮[㉛]。总角之宴[㉜]，言笑晏晏[㉝]。信誓旦旦[㉞]，不思其反。反是不思，亦已焉哉。

《氓》是一位劳动女性在恋爱婚姻上被欺骗后所唱的怨歌。诗中叙述女子从恋爱到被遗弃、最后终于决定和负心丈夫决裂的过程。千百年来，《氓》以它独特的姿态存在于《诗经》当中，供人们不断地探索和发掘。

注释

①氓：民。蚩（chī）蚩：笑嘻嘻的样子。

②布：古代货币，即布币。

③淇：淇水。

④顿丘：卫地名。

⑤愆（qiān）：延误。

⑥将：愿，请。

⑦垝（guǐ）垣：破颓的墙。

⑧复关：诗中男子的住地。

⑨载：语气助词。

⑩卜：卜卦，用龟甲卜吉凶。筮（shì）：用蓍草占吉凶。

⑪体：卜筮所得卦象。咎言：不吉之言。

⑫贿：财物。

⑬沃若：润泽的样子。

⑭于嗟：吁嗟，叹词。鸠：斑鸠。

⑮桑葚（shèn）：桑树的果实。

⑯耽：迷恋。

⑰说：通“脱”，摆脱。

⑱陨：坠落。

⑲徂（cú）：往。

⑳汤（shāng）汤：水势盛大。

㉑渐（jiān）：沾湿。

㉒爽：差错。

㉓贰：有二心。

㉔罔极：没有准则，行为多变。

㉕二三其德：三心二意。

㉖室劳：家务劳动。

㉗夙兴夜寐：早起晚睡。

㉘暴：凶暴。

㉙咥（xì）：讥笑。

㉚悼：伤心。

㉛隰（xí）：低湿之地。泮（pàn）：岸，水边。

㉜总角：古时儿童两边梳辫，状如双角。此处指童年。

㉝晏晏：和悦的样子。

㉞旦旦：诚恳的样子。

竹竿

籊籊竹竿[1]，以钓于淇[2]。岂不尔思[3]，远莫致之。
泉源在左，淇水在右。女子有行[4]，远兄弟父母。
淇水在右，泉源在左。巧笑之瑳[5]，佩玉之傩[6]。
淇水滺滺[7]，桧楫松舟[8]。驾言出游[9]，以写我忧[10]。

注释

①籊（tì）籊：长而尖的样子。

②淇：卫国水名。

③尔思：想念你。尔，你。

④行：远嫁。

⑤瑳（cuō）：玉色鲜白，此处指露齿巧笑状。

⑥傩（nuó）：行动有节奏的样子。

⑦滺（yōu）滺：河水荡漾之状。

⑧楫：船桨。桧、松：木名。

⑨言：语气助词，相当于“而”。

⑩写：排解。

《竹竿》是一首出嫁女子的思乡之曲。一个远嫁到别国的姑娘，日日夜夜思念着家乡的一切，心中满是感伤。思乡的情绪能让人触景生情。

芄兰

芄兰之支[1]，童子佩觿[2]。虽则佩觿，能不我知？容兮遂兮[3]，垂带悸兮[4]。

芄兰之叶，童子佩韘[5]。虽则佩韘，能不我甲[6]？容兮遂兮，垂带悸兮。

注释

①芄（wán）兰：一种多年生的蔓草，又名萝藦。支：枝条。

②觿（xī）：解结用具，形同锥。

③容、遂：舒缓悠闲之貌。

④悸：原指心动，此处指衣带摆动貌。

⑤韘（shè）：勾弦用具，套于右手拇指，射箭时用于勾弦。

⑥甲：借作“狎”，亲昵。

从诗的内容来看，主人公是一个小女孩和一个小男孩，两人的家应是毗邻而居。他们从小在一起玩耍，青梅竹马，亲密无间，两小无猜。随着时间的流逝，他们不知不觉中长大，渐渐到了懂得男女之事的年龄。女孩心中已经暗生情愫，平日里时刻注意着男孩的一举一动，心里眼里都是他的身影。

河广

谁谓河广？一苇杭之[①]。谁谓宋远？跂予望之[②]。
谁谓河广？曾不容刀[③]。谁谓宋远？曾不崇朝[④]。

注释

①苇：芦苇，此处指芦苇编成的筏子。杭：通“航”，渡过的意思。
②跂（qí）：踮起脚跟。
③曾：竟。刀：通“舠”，小船。
④崇朝：终朝，形容时间很短。

这首诗究竟是什么人作、为什么而作，恐怕永远都难以敲定，最严密的考据也不可能还原当时的事实，但这首只有四句的小诗的确意味深长。“谁谓河广？一苇杭之。”人心之航如此，人生之航也当如此，这种想象中饱含拳拳情意。

伯兮

伯兮朅兮[1]，邦之桀兮[2]。伯也执殳[3]，为王前驱。
自伯之东，首如飞蓬。岂无膏沐[4]，谁适为容[5]？
其雨其雨，杲杲出日[6]。愿言思伯，甘心首疾。
焉得谖草[7]，言树之背[8]。愿言思伯，使我心痗[9]。

注释

①朅（qiè）：威武。

②桀：英杰。

③殳（shū）：古兵器。

④膏沐：女子润发的油脂。

⑤谁适为容：为谁修饰，为谁打扮。

⑥杲（gǎo）杲：明亮的样子。

⑦谖（xuān）草：萱草，又称忘忧草。

⑧背：屋子北面。

⑨痗（mèi）：忧思成病。

《伯兮》是一首叙述相思和担忧的抒情诗，它用真挚的语言描写了一位女子对久役于外的丈夫的深切思念，同时也反映了战争给民众带来的痛苦。

有　狐

有狐绥绥[①]，在彼淇梁[②]。心之忧矣，之子无裳[③]。
有狐绥绥，在彼淇厉[④]。心之忧矣，之子无带。
有狐绥绥，在彼淇侧[⑤]。心之忧矣，之子无服。

注释

①绥绥：慢走的样子。
②淇：水名。梁：河梁。
③之子：这个人，那个人。
④厉：水深及腰，可以涉过之处。
⑤侧：水边。

它描写了一个女子对流离在外的亲人的思念和关怀。这里没有太多点染和描述，更没有什么风花雪月的浪漫，有的仅仅是质朴和真真切切的生活。诗以一个女子的口吻进行叙述，清新自然，感情充沛哀婉。

木　瓜

投我以木瓜[①]，报之以琼琚[②]。匪报也[③]，永以为好也。
投我以木桃[④]，报之以琼瑶。匪报也，永以为好也。
投我以木李[⑤]，报之以琼玖。匪报也，永以为好也。

注释

①木瓜：一种落叶灌木（或小乔木），果实长椭圆形，色黄而香，蒸煮或蜜渍后供食用。

②琼琚（jū）：美玉。

③匪：非。

④木桃：果名，即楂子，比木瓜小。

⑤木李：果名，即榠楂。

这首诗的范围很广，读者可以根据自己的理解对《木瓜》一诗的主题进行自由的探索和想象。说是送朋友、送亲人、送爱人都无可厚非，因为它就是一首通过赠答表达深厚情意的诗作。

王风

黍离

彼黍离离[①]，彼稷之苗[②]。行迈靡靡[③]，中心摇摇[④]。知我者谓我心忧，不知我者谓我何求。悠悠苍天，此何人哉！

彼黍离离，彼稷之穗。行迈靡靡，中心如醉。知我者谓我心忧，不知我者谓我何求。悠悠苍天，此何人哉！

彼黍离离，彼稷之实。行迈靡靡，中心如噎[⑤]。知我者谓我心忧，不知我者谓我何求。悠悠苍天，此何人哉！

注释

①黍（shǔ）：黍子，去皮后叫黏黄米。离离：行列之貌。

②稷（jì）：指粟或黍属。

③靡靡：行步迟缓貌。

④摇摇：形容心神不安。

⑤噎（yē）：气逆不能呼吸。

诗篇起始便将镜头对准一望无际的庄稼，奠定出阔大、朴实而又荒凉的基调，使读者的思绪得到张扬。

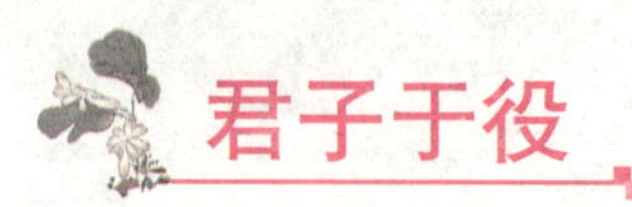

君子于役

君子于役，不知其期，曷至哉？鸡栖于埘[1]，日之夕矣，羊牛下来。君子于役，如之何勿思？

君子于役，不日不月，曷其有佸[2]？鸡栖于桀，日之夕矣，羊牛下括[3]。君子于役，苟无饥渴[4]！

注释

①埘（shí）：在墙壁上挖洞做成的鸡舍。

②佸（huó）：相会。

③括：义同“佸”，指牛羊聚在一起。

④苟：表推测的语气词，大概，也许。

品读本诗，仿佛听到那位倚门而立的女人一声声轻轻的叹息，看到了她眼中一颗颗晶莹欲滴的泪花，触摸到了她为丈夫担心的一阵阵心跳，让人不免对这位感情细腻真挚、日日盼望夫归的古代女子产生一种莫名的亲近、同情和敬重。

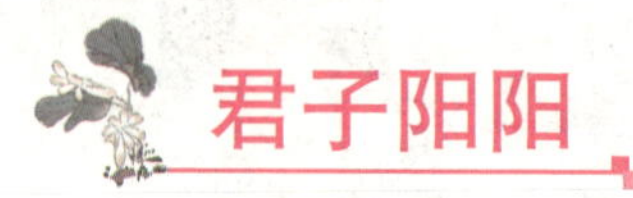

君子阳阳

君子阳阳[①]，左执簧[②]，右招我由房[③]。其乐只且[④]！

君子陶陶[⑤]，左执翿[⑥]，右招我由敖[⑦]。其乐只且！

注释

①阳阳：快乐的样子。

②簧：古乐器名，笙。

③由房：游乐。

④只且：语气助词。

⑤陶陶：和乐舒畅貌。

⑥翿（dào）：歌舞所用道具，用五彩野鸡羽毛做成，扇形。

⑦由敖：游遨。

从诗文本身的内容来看，本诗应是描写舞师与乐工共同歌舞的场面。当然，仁者见仁，智者见智，诗作的隐晦给了读者更多的想象空间，让人尽情咀嚼那场远古狂欢的幻惑味道。

扬之水

扬之水[1]，不流束薪[2]。彼其之子[3]，不与我戍申[4]。怀哉怀哉[5]，曷月予还归哉[6]？

扬之水，不流束楚[7]。彼其之子，不与我戍甫[8]。怀哉怀哉，曷月予还归哉？

扬之水，不流束蒲[9]。彼其之子，不与我戍许[10]。怀哉怀哉，曷月予还归哉？

注释

①扬之水：悠扬之水。

②束薪：成捆的柴薪。

③彼其：那个。

④戍申：在申地边境防守。

⑤怀：平安，一说思念、怀念。

⑥曷：何。

⑦束楚：成捆的荆条。

⑧戍甫：守卫甫国边境。

⑨束蒲：成捆的蒲柳。

⑩许：地名。

在《诗经》中，总能找到这种脉脉感动。这份浓烈的思念，在这篇《王风·扬之水》中，被作者用短短数十字，描述得淋漓尽致。

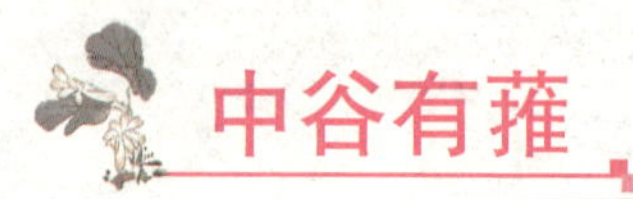

中谷有蓷

中谷有蓷[①]，暵其干矣[②]。有女仳离[③]，嘅其叹矣。嘅其叹矣，遇人之艰难矣！

中谷有蓷，暵其脩矣[④]。有女仳离，条其啸矣[⑤]。条其啸矣，遇人之不淑矣！

中谷有蓷，暵其湿矣[⑥]。有女仳离，啜其泣矣。啜其泣矣，何嗟及矣！

注释

①中谷：同谷中，山谷之中。蓷（tuī）：益母草。

②暵（hàn）：干枯。

③仳（pǐ）离：女子被夫家抛弃逐出，后世亦作离婚讲。

④脩：干枯。

⑤啸（xiào）：痛声。

⑥湿：通“㬤”，即将干。

《诗经》中有很多美丽清新的爱情故事，也有像《中谷有蓷》这样苦楚凄然的控诉。因为背弃与相恋一样，都是爱情和婚姻中固有的、不可回避的遭际。

兔爰

有兔爰爰[①]，雉离于罗[②]。我生之初，尚无为[③]；我生之后，逢此百罹[④]。尚寐无吪[⑤]！

有兔爰爰，雉离于罦[⑥]。我生之初，尚无造[⑦]；我生之后，逢此百忧。尚寐无觉[⑧]！

有兔爰爰，雉离于罿[⑨]。我生之初，尚无庸[⑩]；我生之后，逢此百凶。尚寐无聪[⑪]！

注释

①爰（yuán）爰：逍遥的样子。

②离：同“罹”，陷，遭难。罗：网。

③无为：指无战乱之事。

④罹（lí）：忧。

⑤吪（é）：说话。

⑥罦（fú）：一种装设机关的网，能捕鸟兽。

⑦无造：即无为。

⑧觉：清醒。

⑨罿（tóng）：捕鸟兽的网。

⑩庸：指劳役。

⑪聪：听觉。

《兔爰》一诗，表现了一种乱世中的生活环境和悲哀的心态。

葛藟

绵绵葛藟[①]，在河之浒[②]。终远兄弟[③]，谓他人父。谓他人父，亦莫我顾。

绵绵葛藟，在河之涘。终远兄弟，谓他人母。谓他人母，亦莫我有[④]。

绵绵葛藟，在河之漘。终远兄弟，谓他人昆[⑤]。谓他人昆，亦莫我闻[⑥]。

注释

①绵绵：连绵不绝。葛藟（lěi）：藤蔓。

②浒（hǔ）：水边。与下文“涘（sì）”“漘（chún）”同义。

③终：既，已。

④有（yòu）：通“友”，帮助。

⑤昆：兄。

⑥闻：与“问”通。

《葛藟》一诗，悲感交加，用简练的文字，创造了这样的情境：一位衣着肮脏、蓬头垢面的诗人，流落到黄河边上，见到绵绵不断的延河水伸向远方、河边一望无际的茂盛葛藤，不禁触景伤情，自己的身世，悲惨的境遇，一幕幕涌上心头。

采葛

彼采葛兮[①]，一日不见，如三月兮。

彼采萧兮[②]，一日不见，如三秋兮[③]。

彼采艾兮[④]，一日不见，如三岁兮。

注释

①葛：一种蔓生植物，块根可食，茎可制纤维。

②萧：植物名。蒿的一种，即青蒿。有香气，古时用于祭祀。

③三秋：通常一秋为一年，后又有专指秋三月的用法。这里三秋长于三月，短于三年，义同三季，九个月。

④艾：植物名，菊科植物。

作者借简短精练的语言，充分表达了长相思的恋情，反映出坚贞、纯朴、真挚的爱情。

大 车

大车槛槛[①]，毳衣如菼[②]。岂不尔思，畏子不敢。
大车哼哼[③]，毳衣如璊[④]，岂不尔思，畏子不奔。
穀则异室[⑤]，死则同穴。谓予不信，有如皦日[⑥]。

注释

①槛（kǎn）槛：车轮的响声。
②毳（cuì）衣：车毡，用于蔽风雨。菼（tǎn）：芦苇的一种。
③哼（tūn）哼：重滞徐缓的样子。
④璊（mén）：红色美玉，此处喻红色车篷。
⑤穀：活着。
⑥皦：同“皎”，光明。

《大车》是一首爱情诗。诗作描写了一位情窦初开的女子，深恋着她的情人，想与之私奔，而男子有着很多犹豫和顾虑，迟迟不肯答应，于是女子急切地使出激将法，出言激励，男子却仍在躲闪、回避、自甘懦弱。最终，这位多情的女子感情变得激越，她手指青天，发下重誓，要与恋人“死则同穴”，永远跟他在一起。

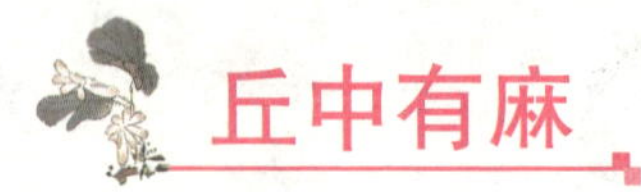

丘中有麻

丘中有麻[①]，彼留子嗟[②]。彼留子嗟，将其来施施[③]。
丘中有麦，彼留子国[④]。彼留子国，将其来食。
丘中有李，彼留之子。彼留之子，贻我佩玖[⑤]。

注释

①麻：大麻，古时种植以其皮织布做衣。
②子嗟：人名。
③将（qiāng）：请，愿，希望。施施：慢行貌，一说高兴貌。
④子国：人名。
⑤贻：赠。玖：玉一类的美石。

《诗经》的时代，好比一块未受世俗浸染的田园，自由生活在那里的人们，不会担心被扣上繁杂的儒道枷锁。那时的人，才真正属于自己和自然，充满了本真的思维和完整的人格。《丘中有麻》就是在这个背景下展开的画卷，真实、纯粹、自由和勇敢。

郑风

缁衣

缁衣之宜兮[①]，敝予又改为兮[②]。适子之馆兮[③]。还予授子之粲兮[④]。

缁衣之好兮，敝予又改造兮。适子之馆兮，还予授子之粲兮。

缁衣之蓆兮[⑤]，敝予又改作兮。适子之馆兮，还予授子之粲兮。

注释

①缁（zī）衣：黑色的衣服，当时卿大夫到官署所穿的衣服。宜：合适。

②敝：破坏。

③适：往。馆：官舍。

④粲：“餐”之假借字。

⑤蓆：宽大舒适。

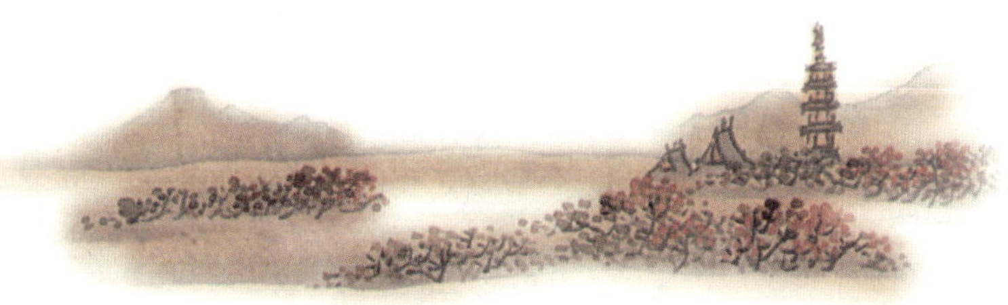

《郑风·缁衣》一诗，尽管语句平铺直叙，没有轰轰烈烈的誓言，亦少了你侬我侬的缠绵，但其中的意义并不输给其他经典。

将仲子

将仲子兮[1]，无窬我里[2]，无折我树杞[3]。岂敢爱之[4]，畏我父母。仲可怀也，父母之言，亦可畏也。

将仲子兮，无窬我墙，无折我树桑。岂敢爱之，畏我诸兄。仲可怀也，诸兄之言，亦可畏也。

将仲子兮，无窬我园，无折我树檀。岂敢爱之，畏人之多言。仲可怀也，人之多言，亦可畏也。

注释

①将：愿，请。

②窬：翻越。里：邻里。古代二十五家为里。

③树：种植。

④爱：爱惜。

本诗是以一个女子的口吻叙述，对男子即将要发生的“翻墙”“折树”的行为进行劝告，所以有一种娓娓道来的感觉，使诗境也有了絮絮对语的独特韵致。

叔于田

叔于田[1]，巷无居人。岂无居人，不如叔也，洵美且仁[2]。

叔于狩[3]，巷无饮酒。岂无饮酒，不如叔也，洵美且好。

叔适野[4]，巷无服马[5]。岂无服马，不如叔也，洵美且武。

注释

①叔：古代兄弟次序为伯、仲、叔、季，年岁较小者统称为叔，此处指年轻的猎人。于：去，往。田：打猎。

②洵：真正的，的确。

③狩：冬猎为“狩”，此处为田猎的统称。

④适：往。

⑤服马：骑马之人。一说用马驾车。

《叔于田》的艺术手法多变，艺术成就很高，更重要的一点是，先民已经在日常生活中找到审美点去加以赞美，而不是一味地脱离实际，神化主人公。

大叔于田

叔于田[①]，乘乘马[②]。执辔如组[③]，两骖如舞[④]。叔在薮[⑤]，火烈具举[⑥]。襢裼暴虎[⑦]，献于公所。将叔无狃[⑧]，戒其伤女。

叔于田，乘乘黄。两服上襄[⑨]，两骖雁行。叔在薮，火烈具扬。叔善射忌[⑩]，又良御忌[⑪]。抑磬控忌[⑫]，抑纵送忌[⑬]。

叔于田，乘乘鸨[⑭]。两服齐首，两骖如手。叔在薮，火烈具阜[⑮]。叔马慢忌，叔发罕忌，抑释掤忌[⑯]，抑鬯弓忌[⑰]。

注释

①田：同“畋”，打猎。

②乘乘马：驾着拉一乘车的四马。前一个“乘”字为动词，后一个“乘”字为名词。古时一车四马叫一乘。

③组：织带平行排列的经线。

④骖（cān）：驾车的四马中外侧两边的马。

⑤薮（sǒu）：低湿多草木的沼泽地带。

⑥火烈：打猎时放火烧草，遮断野兽的逃路。具：都。举：起。

⑦襢裼（tǎn xī）：脱衣袒身。

⑧将（qiāng）：请，愿。狃（niǔ）：反复。

⑨服：驾车的四马中间的两匹。

⑩忌：语尾助词。

⑪良御：驾马很在行。

《大叔于田》用不长的篇幅赞美了猎人娴熟的驾车技能、高超的射技和英武勇敢的性格。

⑫抑：发语词。磬（qìng）控：勒马使缓行或停步。

⑬纵送：发矢曰纵，从禽曰送。

⑭鸨（bǎo）：有黑白杂毛的马。

⑮阜：旺盛。

⑯掤（bīng）：箭筒盖。

⑰鬯（chàng）：弓囊，此处为动词。

清 人

清人在彭①，驷介旁旁②。二矛重英③，河上乎翱翔。
清人在消④，驷介麃麃⑤。二矛重乔⑥，河上乎逍遥。
清人在轴⑦，驷介陶陶⑧。左旋右抽⑨，中军作好⑩。

注释

①清：郑国之邑。彭：郑国地名。

②驷介：一车驾四匹披甲的马。旁旁：马强壮有力貌。

③重英：两层矛上的缨饰。

④消：郑国地名。

⑤麃（biāo）麃：英勇威武貌。

⑥乔：长尾野鸡。

⑦轴：郑国地名。

⑧陶陶：驱驰之貌。

⑨旋：转。抽：拔刀。

⑩中军：古三军为上军、中军、下军，中军之将为主帅。作好：与“翱翔”“逍遥”一样也是联绵词，指武艺高强。

《清人》从另一个角度诠释了讽刺的高妙境界：对诗的本事不着一字，不动声色地给对象辛辣的嘲讽。

羔裘

羔裘如濡[①]，洵直且侯[②]。彼其之子，舍命不渝[③]。

羔裘豹饰[④]，孔武有力。彼其之子，邦之司直[⑤]。

羔裘晏兮[⑥]，三英粲兮[⑦]。彼其之子，邦之彦兮[⑧]。

注释

①羔裘：羔羊皮裘，古大夫的朝服。濡（rú）：柔软而有光泽。

②洵：诚然，的确。侯：美。

③渝：改变。

④豹饰：用豹皮装饰皮袄的袖口。

⑤司直：负责劝谏君主过失的官吏。

⑥晏：鲜盛貌。

⑦三英：装饰袖口的三道豹皮镶边。

⑧彦：才德出众之人。

整首诗的讽刺暗藏不露，由衣服联想到人可谓形象自然，但作为一首讽刺诗来说，似乎过于含蓄了。

遵大路

遵大路兮，掺执子之袪兮[①]。无我恶兮，不寁故也[②]！

遵大路兮，掺执子之手兮。无我魗兮[③]，不寁好也！

注释

①掺（shǎn）：执。袪（qū）：袖口。

②寁（jié）：迅速。故：旧。

③魗（chǒu）：丑。

《遵大路》与以往的弃妇诗的不同之处在于，被“弃”的女子不同于以往守在窗前落泪自怜的弃妇形象，而是冲上大路，勇敢地去挽回所爱，其动人之处也正在于此，让读者们对另一方的性格充满了好奇。

女曰鸡鸣

女曰鸡鸣。士曰昧旦[1]。子兴视夜[2]，明星有烂[3]。将翱将翔[4]，弋凫与雁[5]。

弋言加之[6]，与子宜之[7]。宜言饮酒，与子偕老。琴瑟在御[8]，莫不静好[9]。

知子之来之[10]，杂佩以赠之[11]。知子之顺之[12]，杂佩以问之。知子之好之，杂佩以报之。

注释

①昧旦：天色将明未明之际。

②兴：起。视夜：察看夜色。

③明星：启明星。有烂：灿烂，明亮。

④将翱将翔：已到破晓时分，宿鸟将出巢飞翔。

⑤弋（yì）：用生丝做绳，系在箭上射鸟。凫：野鸭。

⑥加：射中。

⑦与：为。宜："肴"，烹调菜肴。

⑧御：弹奏。

⑨静好：和睦安好。

⑩来：殷勤体贴之意。

⑪杂佩：古人佩饰，上系珠、玉等，质料和形状不一，故称杂佩。

⑫顺：柔顺。

《女曰鸡鸣》给青年男女的相处提供了一条敞亮的路，平等、尊重、责任是家庭和谐的良方，这首诗在千百年之后的今天，仍可以与之共勉。

有女同车

有女同车，颜如舜华[①]。将翱将翔，佩玉琼琚[②]。彼美孟姜[③]，洵美且都[④]。

有女同行，颜如舜英。将翱将翔，佩玉将将[⑤]。彼美孟姜，德音不忘[⑥]。

注释

①舜华：植物名，即木槿花。华：同“花”。

②琼琚：美玉。

③孟姜：《毛传》：“齐之长女。”排行最大的称孟，姜则是齐国的国姓。后世孟姜也用作美女的通称。

④洵：确实。都：娴雅。

⑤将将：“锵锵”，玉石相互碰击摩擦发出的声音。

⑥德音：美好的品德声誉。

诗人毫不避讳对美人孟姜的赞美，若非是绝代风华，也难有如此的歌咏。

山有扶苏

山有扶苏[1]，隰有荷华[2]。不见子都[3]，乃见狂且[4]。
山有桥松[5]，隰有游龙[6]，不见子充[7]，乃见狡童[8]。

注释

①扶苏：树木名。
②隰：洼地。
③子都：古代美男子。
④狂且（jū）：丑陋的狂童。
⑤桥：通“乔”，高大。
⑥游龙：水草名，又名水红。
⑦子充：古代良人名。
⑧狡童：狡狯的少年。

这是一幅情人约会时打情骂俏的有趣场景，然而，这样简单的内容因时代的久远而被后人蒙上了一层神秘的面纱，被许多名家解释出了重重含义。

萚兮

萚兮萚兮[①]，风其吹女[②]。叔兮伯兮，倡予和女[③]！

萚兮萚兮，风其漂女[④]。叔兮伯兮，倡予要女[⑤]！

注释

①萚（tuò）：脱落的木叶。

②女（rǔ）：同“汝”。

③倡：同“唱”。

④漂：同“飘”。

⑤要：成，指歌的收腔。

《萚兮》的文辞极为简单——落叶而知秋，生命与青春的凋零，还有对亲情的渴望。

狡童

彼狡童兮[①]，不与我言兮。维子之故[②]，使我不能餐兮。

彼狡童兮，不与我食兮。维子之故，使我不能息兮[③]。

注释

①狡童：狡猾的少年。

②维：因为。

③息：安稳入睡。

爱里有幸福和甜蜜、有关心和惦念、有生气和暴怒、也有相守和背叛。纵然时间在变、环境在变、地点在变、服饰在变、语言在变，不变的是这爱的意义。

褰裳

子惠思我[1]，褰裳涉溱[2]。子不我思[3]，岂无他人？狂童之狂也且[4]！

子惠思我，褰裳涉洧[5]。子不我思，岂无他士？狂童之狂也且！

注释

①惠：见爱，即爱我。

②褰（qiān）裳：提起下衣。溱（zhēn）：郑国水名，出密县境，东北流至新郑市，与洧水合。

③不我思：不思念我。

④狂童：谑称，犹言“傻小子”。且：语气助词。

⑤洧（wěi）：郑国水名，发源于今河南登封阳城山。

《褰裳》是一首采自郑国的诗歌，郑国是周朝分封的诸侯国之一，位于现在的陕西一带，后东迁都新郑，也就是现在的河南，皆属于北方范畴。这首诗就形象而生动地刻画了北方女子旷达乐观的情怀。

丰

子之丰兮[①]，俟我乎巷兮[②]，悔予不送兮[③]。
子之昌兮[④]，俟我乎堂兮，悔予不将兮[⑤]。
衣锦褧衣[⑥]，裳锦褧裳。叔兮伯兮[⑦]，驾予与行。
裳锦褧裳，衣锦褧衣。叔兮伯兮，驾予与归。

注释

①丰：丰满，标致。

②俟：等候。

③送：致女，以女授婿。

④昌：健壮。

⑤将：同行。

⑥衣：动词，穿。褧（jiǒng）衣：用绢或麻纱制作的罩衫。

⑦叔、伯：古代女子对丈夫、情人的称呼。

“子之丰兮，俟我乎巷兮，悔予不送兮。”《丰》开篇就奠定好了全诗的感情基调，一个“悔”字点明了文章的主旨。这正是一首倾诉悔恨的诗。

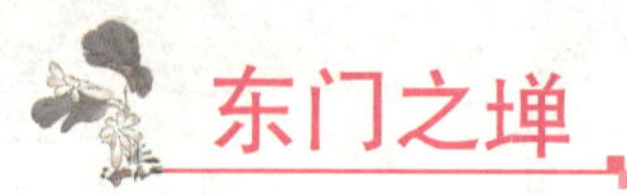

东门之墠

东门之墠[①]，茹藘在阪[②]。其室则迩[③]，其人甚远。
东门之栗，有践家室[④]。岂不尔思，子不我即[⑤]。

注释

①墠（shàn）：土坪，铲平的地。

②茹藘（rú lǘ）：草名，即茜草，可染红色。阪（bǎn）：小山坡。

③迩：近。

④有践：行列整齐的样子。

⑤即：就，接近。

很多时候真正让人冷漠的不是实际距离的远近，而是心灵上是否有隔膜。就像《东门之墠》中，两人各自的家再近，也无法拉近心的遥远。日常生活当中也是如此，无论是友人还是恋人，只有真正地走进彼此的心房，才能在根本上拉近两人的距离，哪怕是天各一方，也能心心相印。

风雨

风雨凄凄，鸡鸣喈喈[①]。既见君子，云胡不夷[②]？
风雨潇潇，鸡鸣胶胶。既见君子，云胡不瘳[③]？
风雨如晦[④]，鸡鸣不已。既见君子，云胡不喜？

注释

①喈（jiē）喈：鸡鸣声。
②胡：何。夷：同“怡”，悦。
③瘳（chōu）：病愈，此处是指愁思满怀的心病消除。
④晦：昏暗。

全诗多次出现叠词，如“凄凄”“喈喈”“潇潇”“胶胶”这些叠字、双声、叠韵词语的使用，加强了语言的形象性和音乐性，渲染了风雨萧瑟的气氛，同时深化女子对男子思念的主题，更加深了细腻真挚的情感。

子衿

青青子衿[1]，悠悠我心。纵我不往，子宁不嗣音[2]？
青青子佩[3]，悠悠我思。纵我不往，子宁不来？
挑兮达兮[4]，在城阙兮[5]。一日不见，如三月兮。

注释

①衿：襟，衣领。
②嗣音：传音讯。
③佩：这里指系佩玉的绶带。
④挑、达：走来走去的样子。
⑤城阙：城门两边的观楼。

《子衿》谱写的是一曲热恋中的姑娘对情人的思念和等候情人来相会的恋歌。

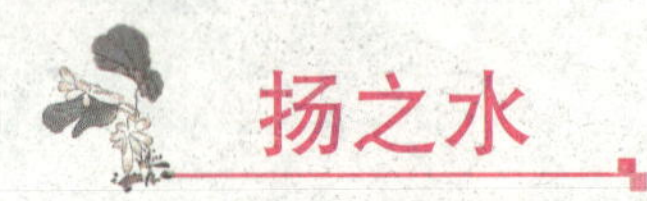

扬之水

扬之水[①]，不流束楚。终鲜兄弟[②]，维予与女。无信人之言，人实迋女[③]。

扬之水，不流束薪。终鲜兄弟，维予二人。无信人之言，人实不信[④]。

注释

①扬：激扬。

②鲜（xiǎn）：缺少。

③迋：“诳”之借用，欺骗。

④信：诚信、可靠。

不论是纸婚还是金婚，维系婚姻之间最重要的因素就是信任。信任是一根纽带，始终牵着两个人的心。

出其东门

出其东门[①]，有女如云[②]。虽则如云，匪我思存[③]。缟衣綦巾[④]，聊乐我员[⑤]。

出其闉阇[⑥]，有女如荼[⑦]。虽则如荼，匪我思且[⑧]。缟衣茹藘[⑨]，聊可与娱。

注释

①东门：城东门。

②如云：形容众多。

③匪：非。思存：想念。

④缟（gǎo）：白色。綦（qí）巾：暗绿色头巾。

⑤员：同“云”，语气助词。

⑥闉阇（yīn dū）：外城门。

⑦荼（tú）：茅花，白色。茅花开时一片皆白，此亦形容女子众多。

⑧且（jū）：语气助词。

⑨茹藘（lú）：茜草，其根可制作绛红色染料。

在那些盛装打扮、香气袭人的美女面前，主人公仍钟情于他的“缟衣綦巾”，有爱的支撑，再平凡也是独一无二，再朴素也是弥足珍贵。在那样一个男权和夫权至上的年代，一个男子能这么钟情、这么坚定、这么专一，实在难能可贵。

野有蔓草

野有蔓草[①]，零露漙兮[②]。有美一人，清扬婉兮[③]。邂逅相遇[④]，适我愿兮。

野有蔓草，零露瀼瀼[⑤]。有美一人，婉如清扬。邂逅相遇，与子偕臧[⑥]。

注释

①蔓：蔓延。

②零：降落。漙（tuán）：形容露水很多。

③清扬：目以清明为美，扬亦明也，此处形容眉目漂亮传神。婉：美好。

④邂逅：不期而遇。

⑤瀼（ráng）：形容露水很浓。

⑥臧：善，好。

诗以山野郊外作为背景，象征着一种对自由的向往，草肥露浓更意在描写情感的笃厚，达到了情景交融、浑然一体的完美境界。

溱洧

溱与洧[①]，方涣涣兮[②]。士与女[③]，方秉蕑兮[④]。女曰观乎？士曰既且[⑤]，且往观乎[⑥]？洧之外，洵訏且乐[⑦]。维士与女[⑧]，伊其相谑[⑨]，赠之以勺药[⑩]。

溱与洧，浏其清矣[⑪]。士与女，殷其盈矣[⑫]。女曰观乎？士曰既且，且往观乎？洧之外，洵訏且乐。维士与女，伊其将谑，赠之以勺药。

注释

①溱（zhēn）、洧（wěi）：郑国二水名。

②方：正。涣涣：河水解冻后的奔腾之貌。

③士与女：此处泛指男男女女。后文“士”“女”则特指其中某青年男女。

④秉：执。蕑（jiān）：一种兰草。

⑤既：已经。且：同“徂”，去，往。

⑥且：再。

⑦洵：诚然，确实。訏（xū）：广阔。

⑧维：发语词。

⑨伊：发语词。相谑：互相调笑。

⑩勺药：一种香草，与今之木芍药不同。

⑪浏：水深而清之状。

⑫殷：众多。盈：满。

贯穿全诗的无疑就是那一湾春水，而那些“蕳”“勺药”更不容忽视，它们是诗中男女表达爱意的道具。诗中有叙事，有对话，语言生动，感情真挚朴实，这样一首美轮美奂、欣欣向荣的诗歌被“卫道士”们打为“淫诗”，难道不是对诗歌本身的一种亵渎吗？

齐风

鸡鸣

鸡既鸣矣，朝既盈矣①。匪鸡则鸣②，苍蝇之声。

东方明矣，朝既昌矣③。匪东方则明，月出之光。

虫飞薨薨④，甘与子同梦。会且归矣⑤，无庶予子憎⑥。

注释

①朝盈：上朝堂的官员已满。

②匪：不是。

③昌：盛，意味人多。

④薨（hōng）薨：飞虫的振翅声。

⑤会：会朝，上朝。

⑥无庶予子憎：庶几予子憎，庶几没有因我恨你。

婚姻是一本偌大而漫长的书，若没有情趣陪伴，再勤奋的人读的时间长了也会疲惫，所以要善于从生活中找到情趣，这样才能保持婚姻生活的新鲜。

还

子之还兮[1]，遭我乎猺之间兮[2]。并驱从两肩兮[3]，揖我谓我儇兮[4]。

子之茂兮[5]，遭我乎猺之道兮。并驱从两牡兮[6]，揖我谓我好兮。

子之昌兮[7]，遭我乎猺之阳兮。并驱从两狼兮，揖我谓我臧兮[8]。

注释

①还：轻捷貌。

②猺（náo）：齐国山名，在今山东淄博。

③肩：三岁的兽。

④儇（xuān）：轻快便捷。

⑤茂：美，此处指善猎。

⑥牡：公兽。

⑦昌：指强有力。

⑧臧：善，好。

《还》是一首关于两个初次见面的猎人协同打猎的山歌，短短数句，男人的直率、火热、友善、矫健，跃然纸上。

著

俟我于著乎而[①]，充耳以素乎而[②]，尚之以琼华乎而[③]。

俟我于庭乎而，充耳以青乎而，尚之以琼莹乎而。

俟我于堂乎而，充耳以黄乎而，尚之以琼英乎而。

注释

①著：古代富贵人家正门内有屏风，正门与屏风之间叫著。乎而：语尾助词。

②充耳：饰物，悬在冠之两侧。

③尚：加上。琼：赤玉。华：与后文的“莹”“英”一样，均形容玉的光彩，因叶韵而换字。

《著》是一首关于嫁娶方面的诗。该诗描绘了一个女子回忆自己当年嫁入丈夫家时的场景。

东方之日

东方之日兮，彼姝者子[①]，在我室兮。在我室兮，履我即兮[②]。

东方之月兮，彼姝者子，在我闼兮[③]。在我闼兮，履我发兮[④]。

注释

①姝：貌美。

②履：蹑，放轻脚步。即：相就，接近。

③闼：内门。

④发：走去，指蹑步相随。

在上古时代，社会风气并不拘谨，男女交往十分开通。齐女对爱情的执着正如“拼将一生休，尽君一日欢”，这种为爱奋不顾身的精神，感染了后世很多的人。

东方未明

东方未明，颠倒衣裳[①]。颠之倒之，自公召之。
东方未晞[②]，颠倒裳衣。倒之颠之，自公令之。
折柳樊圃[③]，狂夫瞿瞿[④]。不能辰夜[⑤]，不夙则莫[⑥]。

注释

①衣裳：古时上衣叫“衣”，下衣叫“裳”。

②晞（xī）：破晓，天刚亮。

③樊：篱笆。圃：菜园。

④狂夫：狂妄无知的人。瞿（jù）瞿：瞪视貌。

⑤辰：指白天。

⑥夙（sù）：早。莫：晚。

在具体行文过程中，作者只是选取了典型的场景，既没有铺叙劳动者的辛酸，也没有扩展具体的劳动场面，只以简单的笔墨，勾勒出集中而又概括的画面，把奴隶们的悲惨生活描摹得惟妙惟肖，使人们如临其境，也使诗作呈现出极高的文学价值。

南　山

南山崔崔[①]，雄狐绥绥[②]。鲁道有荡[③]，齐子由归[④]。既曰归止[⑤]，曷又怀止[⑥]？

葛屦五两[⑦]，冠緌双止[⑧]。鲁道有荡，齐子庸止[⑨]。既曰庸止，曷又从止[⑩]？

艺麻如之何[⑪]？衡从其亩[⑫]。取妻如之何[⑬]？必告父母。既曰告止，曷又鞠止[⑭]？

析薪如之何[⑮]？匪斧不克[⑯]。取妻如之何？匪媒不得。既曰得止，曷又极止[⑰]？

注释

①南山：齐国山名，又名牛山。崔崔：山势高峻状。

②绥（suí）绥：求偶貌。

③有荡：荡荡，平坦状。

④齐子：齐国的女儿（古代不论对男女美称均可称子），此处指齐襄公同父异母的妹妹文姜。由归：从这儿出嫁。

⑤止：语气词，无义。

⑥怀：怀念。

⑦葛屦：麻、葛等制成的单底鞋。五：并列。

⑧緌（ruí）：帽带下垂的部分。帽带为丝绳所制，左右各一从

本诗在表达涉及政治、国君的问题时，用隐晦曲折的笔墨来讽刺针砭，避免了直白显露，并且能做到所指鲜明，内在意义一索可得。

耳边垂下，必要时可系在下巴上。

⑨庸：用。

⑩从：相从。

⑪艺（yì）：种植。

⑫衡从：“横纵”之异体，东西曰横，南北曰纵。亩：田垄。

⑬取：通“娶”。

⑭鞠（jū）：放任无束。

⑮析薪：砍柴。

⑯匪：通“非”。克：能、成功。

⑰极：（放纵到）极点。

甫田

无田甫田[1]，维莠骄骄[2]。无思远人，劳心忉忉[3]。

无田甫田，维莠桀桀。无思远人，劳心怛怛。

婉兮娈兮[4]，总角丱兮[5]。未几见兮，突而弁兮[6]。

注释

①田（diàn）：治理。甫田（tián）：大田。

②莠：狗尾草。骄骄：高大貌。

③劳心：忧心。忉（dāo）忉：心有所失的样子，与下文“怛（dá）怛”同义。

④娈：貌美。

⑤总角：古代男孩将头发梳成两个髻。丱（guàn）：形容总角翘起之状。

⑥弁（biàn）：成人的帽子。

诗人奉劝人们莫费力不讨好去耕那种荒芜多年的田地，莫白费力思念远方的人，即把不现实的念头抛开，别去做超出自己能力的事，由此讽刺了齐襄公胆大荒淫的小人行径。

卢令

卢令令[1]，其人美且仁[2]。
卢重环[3]，其人美且鬈[4]。
卢重镅[5]，其人美且偲[6]。

注释

①卢：黑毛猎犬。令令："铃铃"，猎犬颈下套环发出的响声。
②其人：指猎人。仁：仁慈和善。
③重（chóng）环：大环套小环，又称子母环。
④鬈（quán）：头发弯曲。
⑤镅（méi）：一个大环套两个小环。
⑥偲（cāi）：多才多智。

《卢令》，是一首赞美猎人、描写人与动物和谐关系的颂歌，全诗只有6句，24个字，如同一幅生动的素描画，描绘出猎犬在猎人跟前昂首阔步、威风凛凛之状，其在跑动中套环叮当作响，受宠貌和兴奋貌呼之欲出，形象地表现了猎犬的威风、主人的英姿，也从侧面烘托出当时狩猎风尚的浓重。

敝笱

敝笱在梁[1]，其鱼鲂鳏[2]。齐子归止[3]，其从如云。
敝笱在梁，其鱼鲂鱮[4]。齐子归止，其从如雨。
敝笱在梁，其鱼唯唯[5]。齐子归止，其从如水。

注释

①敝：破。笱（gǒu）：竹制的鱼篓。梁：捕鱼水坝。河中筑堤，中留缺口，嵌入笱，使鱼能进不能出。

②鲂（fáng）鳏（guān）：鳊鱼和鲲鱼。

③齐子：此处指文姜。归：回娘家。

④鱮（xù）：鲢鱼。

⑤唯唯：形容鱼儿出入自如。

回顾全诗，桓公似然可笑，但笑声中应该也夹杂着几许悲凉，他或许不完全是昏庸无知，而是情势所逼、身不由己。

载驱

载驱薄薄[1]，簟茀朱鞹[2]。鲁道有荡，齐子发夕[3]。
四骊济济[4]，垂辔沵沵[5]。鲁道有荡，齐子岂弟[6]。
汶水汤汤[7]，行人彭彭[8]。鲁道有荡，齐子翱翔[9]。
汶水滔滔，行人儦儦[10]。鲁道有荡，齐子游敖[11]。

注释

①驱：车马疾走。薄薄：象声词，形容马蹄和车轮的转动声。

②簟茀（diàn fú）：遮盖车子的方纹竹帘。朱：红色。鞹（kuò）：光滑的皮革。用漆上红色的兽皮蒙在车厢前面，是周代诸侯所用的车饰，这种规格的车子称为“路车”。

③齐子：指文姜。发夕：傍晚出发。

④骊（lí）：黑马。

⑤辔：马缰。沵（nǐ）沵：柔软状。

⑥岂弟（kǎi tì）：天刚亮。

⑦汶水：流经齐鲁两国的水名，在今山东省。汤（shāng）汤：水势浩大貌。

⑧彭彭：众多貌。

⑨翱翔：遨游。

⑩儦（biāo）儦：行人往来貌。

⑪游敖：即“游遨”。

据《春秋》记载，文姜在鲁庄公二年（前692）、四年（前690）、五年（前689）、七年（前687）都曾与齐襄公相会，其时鲁桓公已死，其子鲁庄公即位，然而文姜仍与襄公保持不正当的关系，不顾亡夫尸骨未寒，亦不顾其子鲁庄公的颜面。这首《载驱》便是讥讽文姜淫乱的诗歌。

猗嗟

猗嗟昌兮[1]，颀而长兮[2]。抑若扬兮[3]，美目扬兮。巧趋跄兮[4]，射则臧兮[5]。

猗嗟名兮[6]，美目清兮[7]。仪既成兮[8]。终日射侯[9]，不出正兮[10]。展我甥兮[11]。

猗嗟娈兮[12]，清扬婉兮。舞则选兮[13]，射则贯兮[14]，四矢反兮[15]，以御乱兮[16]。

注释

①猗嗟：叹美之词。昌：壮盛的样子。

②颀：身长貌。

③抑：通“懿”，美好。

④趋跄：快步走，从容而又合节拍的姿态。

⑤臧：善。

⑥名：眉睫之间。

⑦清：眼睛黑白分明。

⑧成：成就，完成。

⑨侯：古代赛射或习射时用的箭靶。用兽皮做的叫“皮侯”，用布做的叫“布侯”。

⑩正：箭靶的中心。

⑪展：诚然，真是。

《猗嗟》是一首赞美少年射手的诗作。作者运用铺陈手法，以赞美的口吻、夸张的笔调，从各个角度和细节描述了少年射手的神技，细致生动。

⑫娈：美好。与下句“婉”字义同。

⑬选：指齐乐善舞。

⑭贯：射中。

⑮反：重复之意，指箭箭射中一处。

⑯御：抵抗，御敌。

魏风

葛屦

纠纠葛屦[①]，可以履霜。掺掺女手[②]，可以缝裳。要之襋之[③]，好人服之[④]。

好人提提[⑤]，宛然左辟[⑥]，佩其象揥[⑦]。维是褊心[⑧]，是以为刺。

注释

①纠纠：缠绕，纠结交错。葛屦：指夏天所穿的用葛绳编制的鞋。

②掺（xiān）掺：同“纤纤”，形容女子的手很柔弱纤细。

③要：同“腰”。襋（jí）：衣领。

④好人：此处是指富家的女主人。

⑤提提：傲慢。

⑥辟：同“避”。左辟即左避。

⑦象揥（tì）：象牙做的簪子。

⑧褊心：心地狭窄。

这首诗通过主仆两个不同的女性形象，表现出诗人对劳动者的深切同情以及对剥削者的强烈讽刺，揭露了当时社会中的压迫和普通劳动者的可悲命运，对后来的同类诗歌有很深的影响。

汾沮洳

彼汾沮洳[①]，言采其莫[②]。彼其之子，美无度[③]。美无度，殊异乎公路[④]。

彼汾一方，言采其桑。彼其之子，美如英[⑤]。美如英，殊异乎公行。

彼汾一曲[⑥]，言采其藚[⑦]。彼其之子，美如玉。美如玉，殊异乎公族。

注释

①汾：汾水，在今山西省中部地区，汇入黄河。沮洳（jù rù）：水边低湿的地方。

②莫：酸莫，俗名牛舌头。嫩叶可食用，有酸味。

③美无度：极言其美。

④殊：非常。公路：与下两章的“公行”和“公族”一样，都是官名。

⑤英：花。

⑥曲：河道弯曲之处。

⑦藚（xù）：泽泻草。

《汾沮洳》是以一位怀春女子的口吻写就的，她对自己心仪的男子极尽褒扬，说他美好如玉，女子完全遵循自己内心的价值观念，爱憎分明，不盲目迷信权贵，着实可敬可佩。

园有桃

园有桃，其实之肴[1]。心之忧矣[2]，我歌且谣[3]。不我知者，谓我士也骄。彼人是哉[4]，子曰何其[5]，心之忧矣，其谁知之？其谁知之，盖亦勿思[6]。

园有棘[7]，其实之食。心之忧矣，聊以行国[8]。不我知者，谓我士也罔极[9]。彼人是哉，子曰何其？心之忧矣，其谁知之？其谁知之，盖亦勿思。

注释

①肴：吃。“其实之肴”，即“肴其实”。

②忧：忧伤。

③歌、谣：曲合乐曰歌，徒歌曰谣，此处皆作动词用。

④是：对。

⑤其：疑问语气词。

⑥盖（hé）：通“盍”，何不。

⑦棘：通常指酸枣。此处特指枣。

⑧聊：姑且。行国：离开城邑。“国”与“野”相对，指城邑。

⑨罔极：无极，没有准则。

《园有桃》是较早的自由诗，描写不得志的士人之生活境遇和心理状态。

陟岵

陟彼岵兮[1]，瞻望父兮。父曰："嗟！予子行役，夙夜无已。上慎旃哉[2]，犹来无止[3]。"

陟彼屺兮[4]，瞻望母兮。母曰："嗟！予季行役[5]，夙夜无寐。上慎旃哉，犹来无弃。"

陟彼冈兮，瞻望兄兮。兄曰："嗟！予弟行役，夙夜必偕[6]。上慎旃哉，犹来无死。"

注释

①陟（zhì）：登上。岵（hù）：有草木的山。

②上：通"尚"，希望。旃（zhān）：之。

③犹来：还是归来。

④屺（qǐ）：无草木的山。

⑤季：小儿子。

⑥偕：俱。

因政治动荡，战争频发，兵役繁复，孝子远行在外，思念父母兄弟，作歌排遣。这便是《陟岵》一诗的来由。

十亩之间

十亩之间兮，桑者闲闲兮①，行与子还兮②。
十亩之外兮，桑者泄泄兮③，行与子逝兮④。

注释

①桑者：采桑的人。闲闲：宽闲、悠闲貌。

②行：将要。

③泄泄：迟缓的样子。

④逝：往。

《十亩之间》勾画出一派和煦的田园风光，抒写了采桑女愉悦恬静的心情，显得诗意盎然、温婉可人，在整个《魏风》中，展现出非同一般的色彩。

伐檀

坎坎伐檀兮[1]，置之河之干兮[2]。河水清且涟猗[3]。不稼不穑[4]，胡取禾三百廛兮[5]？不狩不猎[6]，胡瞻尔庭有县貆兮[7]？彼君子兮[8]，不素餐兮[9]！

坎坎伐辐兮[10]，置之河之侧兮。河水清且直猗[11]。不稼不穑，胡取禾三百亿兮？不狩不猎，胡瞻尔庭有县特兮[12]？彼君子兮，不素食兮！

坎坎伐轮兮，置之河之漘兮[13]。河水清且沦猗[14]。不稼不穑，胡取禾三百囷兮？不狩不猎，胡瞻尔庭有县鹑兮？彼君子兮，不素飧兮[15]！

注释

①坎坎：象声词，伐木声。

②置：放。干：河岸。

③涟（lián）：水波纹。猗（yī）：义同“兮”，语气助词。

④稼（jià）：播种。穑（sè）：收获。

⑤禾：谷物。三百：极言其多，非实数。廛（chán）：捆。

⑥狩：冬猎。猎：夜猎。此诗中皆泛指打猎。

⑦瞻：向前或向上看。县：古“悬”字。貆（huán）：幼貉。

⑧君子：此系反话，指有地位有权势者。

《伐檀》的思想高度应该表现在主人公逐渐觉醒的认识水平上：他们虽意识不到不合理分配现象的社会根源何在，但已经清楚地看到，社会上存在着两大阵营，一个是生产者，一个是所有者，而非常怪异的是，生产者不是所有者，所有者不是生产者。这种评论，是比较有价值的，既反映了诗作的内容，又将抽象的社会规律明了地融入其中。

⑨素餐：白吃饭，不劳而获。

⑩辐：车轮上的辐条。

⑪直：水流的直波。

⑫特：三岁的兽。

⑬漘（chún）：河岸。

⑭沦：小波纹。

⑮飧（sūn）：晚餐，此处泛指吃饭。

硕鼠

硕鼠硕鼠[1]，无食我黍[2]！三岁贯女[3]，莫我肯顾。逝将去女[4]，适彼乐土。乐土乐土，爰得我所[5]！

硕鼠硕鼠，无食我麦！三岁贯女，莫我肯德[6]。逝将去女，适彼乐国[7]。乐国乐国，爰得我直[8]！

硕鼠硕鼠，无食我苗！三岁贯女，莫我肯劳。逝将去女，适彼乐郊。乐郊乐郊，谁之永号[9]！

注释

①硕鼠：肥大的老鼠。

②无：毋，不要。黍：黍子，去皮后叫黏米，是重要的粮食作物之一。

③三岁：多年。贯：侍奉。

④逝：通“誓”。去：离开。女：同“汝”。

⑤爰：于是，在此。所：处所。

⑥德：恩惠。

⑦国：域，即地方。

⑧直：同“值”，价值。

⑨之：其，表示诘问语气。号：呼喊。

本诗写出了贫苦农民的怨愤，但不只是表现苦难和哀怨。诗在描写痛苦、指责造成痛苦之人的同时，写出了反抗的心声，喊出了苦难中农民的追求和理想。

唐风

蟋蟀

蟋蟀在堂，岁聿其莫[①]。今我不乐，日月其除[②]。无已大康[③]，职思其居[④]。好乐无荒，良士瞿瞿[⑤]。

蟋蟀在堂，岁聿其逝。今我不乐，日月其迈[⑥]。无已大康，职思其外。好乐无荒，良士蹶蹶[⑦]。

蟋蟀在堂，役车其休[⑧]。今我不乐，日月其慆[⑨]。无已大康，职思其忧。好乐无荒，良士休休[⑩]。

注释

①聿（yù）：语气助词。莫：古“暮”字。

②除：过去。

③已：甚。大康：同“泰康”，过于享乐。

④职：主要职务。居：处，指所处职位。

⑤瞿（jù）瞿：警惕瞻顾貌。

⑥迈：时光流逝。

⑦蹶（jué）蹶：动作勤敏的样子。

⑧役车：一种装上方形箱子的车子，此处指服役的车子。

⑨慆（tāo）：逝去。

⑩休休：安闲自得，乐而有节的样子。

《蟋蟀》是含有治国、处世和人生感悟的政治、教化诗，其惜时劝勉的积极意义十分可贵。而且，在让人们珍惜时光、恪守职责的基础上也没有忘记提倡享乐的精神，这种折中的态度在当时的社会环境下是难能可贵的，也为后人提供了一种处事态度。全诗“思”的态度是今人值得好好承继的精神，而“好乐无荒”的告诫，至今仍意义深远。

山有枢

山有枢[1]，隰有榆[2]。子有衣裳，弗曳弗娄[3]。子有车马，弗驰弗驱[4]。宛其死矣[5]，他人是愉[6]。

山有栲[7]，隰有杻[8]。子有廷内[9]，弗洒弗扫[10]。子有钟鼓，弗鼓弗考[11]。宛其死矣，他人是保[12]。

山有漆，隰有栗。子有酒食，何不日鼓瑟[13]？且以喜乐，且以永日。宛其死矣，他人入室。

注释

①枢（shū）：木名，刺榆。

②隰：低湿之地。

③曳：拖。娄：古代裳长拖地，需拖着或提着，娄指提。

④驱：车马疾走。

⑤宛：通“苑”，枯死貌。

⑥愉：快乐、享受。

⑦栲（kǎo）：木名，即臭椿。

⑧杻（niǔ）：树名。

⑨廷：庭院。内：厅堂和内室。

⑩洒：浇水。

⑪考：敲击。

⑫保：占有。

⑬瑟：一种似琴的拨弦乐器，有二十五弦。

这首诗作，就是在讨论什么样的生活方式更加健康、更加有价值，诗意深刻之处正在于此。

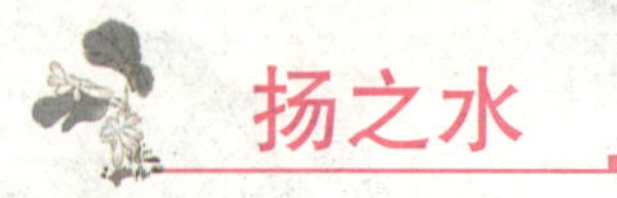

扬之水

扬之水[1]，白石凿凿[2]。素衣朱襮[3]，从子于沃[4]。既见君子[5]，云何不乐[6]。

扬之水，白石皓皓[7]。素衣朱绣，从子于鹄[8]。既见君子，云何其忧。

扬之水，白石粼粼[9]。我闻有命[10]，不敢以告人。

注释

①扬：激扬。

②凿凿：鲜明貌。

③襮（bó）：绣有花纹的衣领。

④子：你。沃：曲沃，地名。

⑤既：已。君子：指桓叔。

⑥何：什么。

⑦皓皓：洁白状。

⑧鹄：邑名，即曲沃。

⑨粼粼：清澈貌，形容水清石净。

⑩命：政令。

《扬之水》以文学的形式记载这一段历史事件，不仅在一定程度上揭开历史的真实面目，更以文学的形式使历史脱离枯燥，变得魅力四射。

椒聊

椒聊之实[1]，蕃衍盈升[2]。彼其之子，硕大无朋[3]。椒聊且[4]，远条且[5]。

椒聊之实，蕃衍盈匊[6]。彼其之子，硕大且笃[7]。椒聊且，远条且。

注释

①椒：花椒。聊：草木结成的一串串果实。

②蕃衍：生长众多。盈：满。升：量器名。

③硕：大。朋：比。

④且：语末助词。

⑤条：长。

⑥匊（jū）：掬，两手合捧。

⑦笃：厚重，形容人体丰满高大。

中国古代社会的大家族都讲究四世同堂，儿孙众多是家大业大的根基。尽管这种思想在今天看来有点守旧和落后，但在那个年代这是对家族，尤其是对一家之主至高无上的称颂和赞扬。《椒聊》一诗让我们看到了一个儿孙满堂的大家庭，让我们知晓了那一段以子孙众多为骄傲自豪的历史。

绸缪

绸缪束薪[①]，三星在天[②]。今夕何夕，见此良人[③]？子兮子兮，如此良人何？

绸缪束刍[④]，三星在隅[⑤]。今夕何夕，见此邂逅[⑥]？子兮子兮，如此邂逅何？

绸缪束楚[⑦]，三星在户。今夕何夕，见此粲者[⑧]？子兮子兮，如此粲者何？

注释

①绸缪（móu）：缠绕，捆束。

②三星：参星。

③良人：丈夫，指新郎。

④刍（chú）：喂牲口的青草。

⑤隅：指东南角。

⑥邂逅（xiè hòu）：不约而来的爱悦者。

⑦楚：荆条。

⑧粲者：漂亮的人，此处指新娘。

本诗并没有从正面描写新人，但是通过闹洞房的人们的提问，让人看到了羞涩和窘迫的新郎和新娘，展示了他们的甜蜜与幸福。

杕杜

有杕之杜[①]，其叶湑湑[②]。独行踽踽[③]。岂无他人，不如我同父[④]。嗟行之人，胡不比焉[⑤]？人无兄弟，胡不佽焉[⑥]？

有杕之杜，其叶菁菁[⑦]。独行睘睘[⑧]。岂无他人，不如我同姓[⑨]。嗟行之人，胡不比焉？人无兄弟，胡不佽焉？

注释

①有杕（dì）：“杕杕”，孤立生长貌。杜：木名，赤棠。

②湑（xǔ）：形容树叶茂盛。

③踽（jǔ）：单身独行、孤独无依的样子。

④同父：同祖父的族弟。

⑤比：亲近。

⑥佽（cì）：资助，帮助。

⑦菁菁：树叶茂盛状。

⑧睘（qióng）：孤独无依的样子。

⑨同姓：同祖的昆弟。

这首流浪者之歌，视角独特，通过一个稚嫩少女的命运，以点盖面，真切地反映出当时的世事面貌和百姓的疾苦生活，向后世真实展示了一幅古代难民的流亡图，给人真实而强烈的震撼。

羔　裘

羔裘豹祛[1]，自我人居居[2]。岂无他人，维子之故[3]。
羔裘豹褎[4]，自我人究究[5]。岂无他人，维子之好。

注释

①祛（qū）：袖子。

②自我人：对我们。自，对；我人，我等人。居居：心怀恶意的样子。

③维：只。子：你。故：指爱，或解释为故旧。

④褎（xiù）：同“袖”。

⑤究究：同“居居”。

《唐风·羔裘》作为一首谴责的山歌或是讽刺的山歌，采用赋的表现手法。诗人以衣服作为载体，从羊羔皮制成的官服的装饰、质地、材料，联想到此人为官的品德、才能、人性。这种以物喻人的手法极其自然，也十分高明。

鸨羽

肃肃鸨羽[①]，集于苞栩[②]。王事靡盬[③]，不能蓺稷黍[④]。父母何怙[⑤]？悠悠苍天，曷其有所[⑥]？

肃肃鸨翼，集于苞棘[⑦]。王事靡盬，不能蓺黍稷。父母何食？悠悠苍天，曷其有极[⑧]？

肃肃鸨行[⑨]，集于苞桑。王事靡盬，不能蓺稻粱。父母何尝？悠悠苍天，曷其有常[⑩]？

注释

①肃肃：鸟翅扇动的响声。鸨（bǎo）：鸟名，似雁，不过比雁要大，群居水草地区，性不善栖木。

②苞：草木丛生。栩（xǔ）：柞树。

③靡：没有。盬（gǔ）：休止。

④蓺（yì）：种植。

⑤怙（hù）：依靠，凭恃。

⑥曷：何。所：住所。

⑦棘：酸枣树。

⑧极：尽头。

⑨行：行列。

⑩常：正常。

画面的悲戚，愈显示出内涵的厚重，作者不仅描写了这种凄惨的事件和景象，也不止于抒发心中的愤懑和无奈，而是进一步展现出百姓们的美好品质，表现了统治者的无道和虚伪，直指统治阶级所推崇的治国之道——孝道和爱民。

无衣

岂曰无衣？七兮[①]。不如子之衣[②]，安且吉兮[③]。
岂曰无衣？六兮。不如子之衣，安且燠兮[④]。

注释

①七：虚数，表现衣服之多。
②子：第二人称的尊称。
③安：舒适。吉：美，善。
④燠（yù）：温暖。

本篇的主旨并不是比较自己衣裳的华丽程度与他人的相差多少，而可以看作一篇览衣怀旧或伤逝之作。诗人整理衣物感怀伤时，睹物思人，想起了曾经与他相濡以沫的妻子，如今却阴阳两隔，当翻起衣物时，不禁遥想妻子在身边时的温暖。

有杕之杜

有杕之杜[①]，生于道左[②]。彼君子兮，噬肯适我[③]？中心好之，曷饮食之[④]？

有杕之杜，生于道周[⑤]。彼君子兮，噬肯来游[⑥]？中心好之，曷饮食之？

注释

①杕（dì）：树木孤生之貌。

②道左：道路左边，古人以东为左。

③噬（shì）：何。适：到，往。

④曷：同“盍”，何不。

⑤周：右边。

⑥游：游逛。

作者以高超的写作技艺，直录女子的所思所想，生动形象，反映出了女子纯真的心境和浓厚的爱慕之情。

葛　生

葛生蒙楚[①]，蔹蔓于野[②]。予美亡此[③]，谁与？独处。
葛生蒙棘[④]，蔹蔓于域[⑤]。予美亡此，谁与？独息。
角枕粲兮[⑥]，锦衾烂兮[⑦]。予美亡此，谁与？独旦[⑧]。
夏之日，冬之夜。百岁之后，归于其居[⑨]。
冬之夜，夏之日。百岁之后，归于其室[⑩]。

注释

①葛：藤本植物，茎皮纤维可织葛布。蒙：缠绕。楚：灌木名，即牡荆。

②蔹（liǎn）：白蔹，攀缘性多年生草本植物，根可入药。

③亡此：死于此处，指死后埋在那里。

④棘：酸枣。

⑤域：坟地。

⑥角枕：牛角做的枕头。

⑦锦衾：锦缎褥。

⑧独旦：独处到天亮。

⑨居：坟墓。

⑩室：墓冢。

这是一首感人的悼亡诗，不仅情感真实，在描写时作者也刻意而为之。从全诗的布局来看完整且一咏三叹，“夏之日，冬之夜”和“冬之夜，夏之日”不简简单单是语序上的颠倒，更突出了主人公日复一日年复一年对逝去之人的无限怀念之情。

采苓

采苓采苓[1]，首阳之颠[2]。人之为言[3]，苟亦无信。舍旃舍旃[4]，苟亦无然。人之为言，胡得焉[5]？

采苦采苦[6]，首阳之下。人之为言，苟亦无与。舍旃舍旃，苟亦无然。人之为言，胡得焉？

采葑采葑[7]，首阳之东。人之为言，苟亦无从。舍旃舍旃，苟亦无然。人之为言，胡得焉？

注释

①苓：一种药草。

②首阳：山名。

③为（wěi）言："伪言"，谎话。

④舍旃（zhān）：放弃它吧。

⑤胡：何。

⑥苦：苦菜，野生，可食用。

⑦葑（fēng）：芜菁。

虽然诗人描绘的理想主义愿景可能并不会实现，但是真与伪、善与恶的天平往哪一边倾斜，没有时间的界限，也并不是特定的某些人的责任，始终秉持《采苓》中诗人的愿景，伪言之人才有消亡的可能。

秦风

车邻

有车邻邻[①]，有马白颠[②]。未见君子[③]，寺人之令[④]。

阪有漆[⑤]，隰有栗[⑥]。既见君子，并坐鼓瑟。今者不乐，逝者其耋[⑦]。

阪有桑，隰有杨。既见君子，并坐鼓簧[⑧]。今者不乐，逝者其亡。

注释

①邻邻：同“辚辚”，车行声。

②颠：头额。

③君子：对友人的尊称。

④寺人：近侍，常指宦官。

⑤阪：山坡。

⑥隰：低湿的地方。

⑦耋（dié）：八十岁，此处泛指老人。

⑧簧：原指笙吹管中的簧片，此处代指笙。

《车邻》是《诗经·秦风》的第一个篇章，主要讲述了贵族朋友之间相聚作乐，琴瑟甚欢的场景，并从中引出了诗人感叹人生匆匆，及时行乐的理念。

驷　驖

驷驖孔阜[①]，六辔在手[②]。公之媚子[③]，从公于狩[④]。
奉时辰牡[⑤]，辰牡孔硕[⑥]。公曰左之[⑦]，舍拔则获[⑧]。
游于北园[⑨]，四马既闲。輶车鸾镳[⑩]，载猃歇骄[⑪]。

注释

①驷：四马。驖（tiě）：毛色赤黑的好马。

②辔：马缰。原本四匹马应有八条缰绳，但由于中间两匹马的内侧两条辔绳系在驭者前面的车杠上，所以只有六辔在手。

③媚子：亲信、宠爱的人。

④狩：冬猎。古代帝王打猎，四季各有专称。《左传·隐公五年》："故春蒐、夏苗、秋狝、冬狩。"

⑤奉时：指为公爷赶兽。辰牡：古代按时节进献的雄兽。

⑥硕：肥大。

⑦左之：向左面射箭。

⑧舍：放、发。拔：箭的尾部。

⑨北园：秦君狩猎时休憩用的园子。

⑩輶（yóu）：用于驱赶堵截野兽的轻便车。鸾：鸾（銮）铃。镳（biāo）：勒马用具，与衔（马嚼子）合用，衔在马口中，镳是两头露在外面的部分。

⑪猃（xiǎn）：长嘴的猎狗。歇骄：短嘴的猎狗。

这是一首描写秦君田猎盛况的狩猎诗。

小戎

小戎俴收[1]，五楘梁辀[2]。游环胁驱[3]，阴靷鋈续[4]。文茵畅毂[5]，驾我骐馵[6]。言念君子[7]，温其如玉[8]。在其板屋[9]，乱我心曲[10]。

四牡孔阜[11]，六辔在手[12]。骐骝是中[13]，騧骊是骖[14]。龙盾之合[15]，鋈以觼軜[16]。言念君子，温其在邑[17]。方何为期[18]，胡然我念之[19]？

俴驷孔群[20]，厹矛鋈錞[21]。蒙伐有苑[22]，虎韔镂膺[23]。交韔二弓[24]，竹闭绲縢[25]。言念君子，载寝载兴[26]。厌厌良人[27]，秩秩德音[28]。

注释

①小戎：兵车。因车厢较小，故称小戎。俴（jiàn）：浅。收：轸，车后横木。

②楘（mù）：用皮革分五处缠在车辕上，起加固和修饰作用。梁辀（zhōu）：弯曲的车辕如船状，即用五束皮带系在车辕上。

③游环：活动的环。胁驱：驾具。马的胁部加上皮扣，连在拉车的皮带上。

④靷（yǐn）：引车前行的皮革。鋈（wù）续：以白铜镀的环紧紧扣住皮带。

⑤文茵：有纹饰的虎皮坐垫。畅毂（gǔ）：长毂。

⑥骐：青黑色如棋盘格子纹的马。馵（zhù）：左后蹄为白色，或四蹄皆白的马。

⑦君子：此处指从军的丈夫。

⑧温其如玉：女子形容丈夫性情温润如玉。

⑨板屋：用木板建造的房屋。

⑩心曲：心灵深处。

⑪牡：公马。孔：甚。阜：肥大。

⑫辔：缰绳。

⑬骝（liú）：赤身黑鬣的马。

⑭騧（guā）：黄色、黑嘴的马。

⑮龙盾：画龙的盾牌。

⑯觼（jué）：有舌的环。軜（nà）：内侧二马的辔绳。

⑰邑：秦国的属邑。

⑱方：将。期：指归期。

⑲胡然：为什么。

⑳俴驷：披薄轻甲的四马。孔群：很协调。

㉑厹（qiú）矛：头有三棱锋刃的长矛。錞（duì）：矛柄下端的金属套。

㉒蒙：画杂乱的羽纹。伐：中型盾。苑：花纹。

㉓虎韔（chàng）：虎皮弓囊。镂膺：在弓囊前刻花纹。

㉔交韔二弓：两张弓，一弓向左，一弓向右，交错放在袋中。

㉕闭：弓架，用以正弓。绲（gǔn）：绳。縢（téng）：缠束。

㉖载寝载兴：又睡又起，起卧不宁。

㉗厌厌：安静柔和的样子。

㉘秩秩：聪明多智。

诗的叙述者不是身在军中的军人，而是征夫的家人，从一个旁观的角度见证了军事力量在国人心中的烙印。

蒹葭

蒹葭苍苍[1]，白露为霜。所谓伊人[2]，在水一方。溯洄从之[3]，道阻且长。溯游从之，宛在水中央。

蒹葭凄凄，白露未晞[4]。所谓伊人，在水之湄[5]。溯洄从之，道阻且跻[6]。溯游从之，宛在水中坻[7]。

蒹葭采采，白露未已。所谓伊人，在水之涘[8]。溯洄从之，道阻且右[9]。溯游从之，宛在水中沚[10]。

注释

①蒹葭（jiān jiā）：芦苇。苍苍：鲜明、茂盛貌。下文“萋萋”“采采”义同。

②伊人：那个人，指所思慕的对象。

③溯洄：逆流而上。下文“溯游”指顺流而下。

④晞（xī）：干。

⑤湄：水和草交接的地方。

⑥跻（jī）：登。

⑦坻（chí）：水中高地。

⑧涘（sì）：水边。

⑨右：不直，绕弯。

⑩沚（zhǐ）：水中的小沙洲。

《蒹葭》这首诗是写一个男人痴情苦恋的心理感受。

终 南

终南何有[①]？有条有梅[②]。君子至止，锦衣狐裘[③]。颜如渥丹[④]，其君也哉！

终南何有？有纪有堂[⑤]。君子至止，黻衣绣裳[⑥]。佩玉将将[⑦]，寿考不忘[⑧]。

注释

①终南：终南山。

②条：树名，即山楸。

③锦衣狐裘：当时诸侯的礼服。

④丹：赤石所制的红色颜料，今名朱砂。

⑤纪：通“杞”，杞树。堂：通“棠”，指赤棠树。

⑥黻(fú)衣：黑色青色花纹相间的上衣。绣裳：五彩绣成的下衣。

⑦将将：同“锵锵”，象声词。

⑧考：高寿。

《终南》一诗，是君主出行终南山时，臣子对其的赞美之歌。作者以其宏阔的笔法，充沛的感情，诠释出了其对君主的倾心归依之情。

黄鸟

交交黄鸟[①]，止于棘[②]。谁从穆公[③]？子车奄息[④]。维此奄息，百夫之特[⑤]。临其穴，惴惴其栗[⑥]。彼苍者天[⑦]，歼我良人[⑧]！如可赎兮，人百其身[⑨]。

交交黄鸟，止于桑[⑩]。谁从穆公？子车仲行。维此仲行，百夫之防[⑪]。临其穴，惴惴其栗。彼苍者天，歼我良人！如可赎兮，人百其身。

交交黄鸟，止于楚[⑫]。谁从穆公？子车鍼虎。维此鍼虎，百夫之御。临其穴，惴惴其栗。彼苍者天，歼我良人！如可赎兮，人百其身。

注释

①交交：飞来飞去。

②棘：酸枣树。棘之言“急”，双关语。

③从：殉葬。

④子车：复姓。奄息：人名。下文“子车仲行”“子车鍼（zhēn）虎”与此同。

⑤特：杰出的。

⑥“临其穴”二句：郑笺：“谓秦人哀伤其死，临视其圹，皆为之惴慄。”

本诗一唱三叹，在三章中换了三个名字，哀悼了子车家族的三兄弟。虽然殉葬的人并不只是三个人，但诗人正是通过展现这三个声誉和知名度很高的人的悲惨结局，来表现对古代殉葬制度的血泪控诉。

⑦彼苍者天：悲哀至极的呼号，犹今语“老天爷”。

⑧良人：好人。

⑨人百其身：用一百人赎一条命。

⑩桑：桑树。桑之言“丧”，双关语。

⑪防：抵挡。

⑫楚：荆树。楚之言“痛楚”，亦为双关。

晨风

鴥彼晨风[1]，郁彼北林[2]。未见君子，忧心钦钦[3]。如何如何，忘我实多！

山有苞栎[4]，隰有六驳[5]。未见君子，忧心靡乐。如何如何，忘我实多！

山有苞棣[6]，隰有树檖[7]。未见君子，忧心如醉。如何如何，忘我实多！

注释

①鴥（yù）：鸟疾飞的样子。晨风：鸟名，即鹯（zhān）鸟，属于鹞鹰一类的猛禽。

②郁：郁郁葱葱，形容茂密。

③钦钦：忧而不忘之貌。

④苞：丛生的样子。栎（lì）：树名，柞树。

⑤隰（xí）：低洼湿地。六驳（bó）：木名，梓榆之属。

⑥棣：唐棣，也叫郁李，果实是红色的，形状如梨。

⑦檖（suì）：山梨。

《晨风》是一首描述妻子思念丈夫的诗。本诗为我们展现了一个痴心女子盼望在外出门久不归家的丈夫能够早日回来的心情。她朝朝暮暮地等待着自己的丈夫，但是她的丈夫已经完全将她忘记了，始终都没有回到她的身边。

无衣

岂曰无衣？与子同袍[①]。王于兴师[②]，修我戈矛。与子同仇[③]。

岂曰无衣？与子同泽[④]。王于兴师，修我矛戟。与子偕作[⑤]。

岂曰无衣？与子同裳[⑥]。王于兴师，修我甲兵[⑦]。与子偕行。

注释

①袍：长袍。

②王：此处指周王。

③同仇：共同对抗敌人。

④泽：内衣。

⑤偕：一起。

⑥裳：下衣，此指战裙。

⑦甲兵：铠甲与兵器。

整首诗无不渗透着那种慷慨激昂的英雄气概，大家有着一颗同仇敌忾的心，他们同穿一个战袍，同穿一件外衣，甚至是同穿一件汗衫，战士们连战衣都备不齐，但是大家团结互助，什么都不计较。就凭着这种执着劲，还有什么东西是不可摧毁？相信每一位读者都会被诗中这种斗志昂扬、众志成城的精神感动。在那样一个年代，那样艰苦的环境下，战士拥有的就是心之所向，这股热情令人心驰神往。

渭 阳

我送舅氏，曰至渭阳[1]。何以赠之？路车乘黄[2]。

我送舅氏，悠悠我思。何以赠之？琼瑰玉佩[3]。

注 释

①曰：发语词。阳：山南水北曰阳。

②路车：大车，指诸侯之车。

③琼瑰：玉之类的美石。

《渭阳》便是一首写甥舅送别的亲情之作，也有人将它具体到秦康公当太子时送重耳之事。

权舆

於我乎[①]？夏屋渠渠[②]。今也每食无余。於嗟乎！不承权舆[③]。

於我乎？每食四簋[④]。今也每食不饱。於嗟乎！不承权舆。

注释

①於：叹词。

②夏屋：很大的食器。渠渠：丰盛。

③承：继承。权舆：原意是草木初发，此处引申为起始、当初。

④簋（guǐ）：古代以青铜或陶制作的圆形食器。

《权舆》以第一人称的抒情方式行文，主人公的内心独白流露出抱怨、怨恨、悲观、颓废的情绪。

陈风

宛丘

子之汤兮[①]，宛丘之上兮[②]。洵有情兮[③]，而无望兮。
坎其击鼓[④]，宛丘之下。无冬无夏，值其鹭羽[⑤]。
坎其击缶[⑥]，宛丘之道。无冬无夏，值其鹭翿[⑦]。

注释

①汤：通“荡”。

②宛丘：四方高、中央低的土山。

③洵：确实，实在是。

④坎：击鼓声。

⑤值：持。

⑥缶（fǒu）：瓦盆，一种打击乐器。

⑦翿（dào）：一种用鸟羽毛制作的伞形舞蹈道具。

陈地人民能歌善舞的特点，充分体现出他们对美好生活的向往。诗中舞蹈所表现出来的蓬勃生命力，令人心服。

东门之枌

东门之枌[1]，宛丘之栩[2]。子仲之子[3]，婆娑其下[4]。
榖旦于差[5]，南方之原[6]。不绩其麻，市也婆娑。
榖旦于逝[7]，越以鬷迈[8]。视尔如荍[9]，贻我握椒[10]。

注释

①榖枌（fén）：木名，白榆。

②栩（xǔ）：柞树。

③子（第二个）：女儿。

④婆娑：回旋舞蹈的样子。

⑤榖：好，善。旦：日。差：选择。

⑥原：平地。

⑦逝：过去。

⑧越以：于以。鬷（zōng）：常常。迈：前往。

⑨荍（qiáo）：荆葵花。

⑩贻：赠送。椒：花椒。

《东门之枌》是一首抒情的山歌，它的内容本身就是男女间对唱的山歌。

衡门

衡门之下[①]，可以栖迟[②]。泌之洋洋[③]，可以乐饥[④]。
岂其食鱼，必河之鲂[⑤]？岂其取妻，必齐之姜[⑥]？
岂其食鱼，必河之鲤？岂其取妻，必宋之子[⑦]？

注释

①衡门：横木为门。

②栖迟：栖息，安身，此处指幽会。

③泌（bì）：与“密”相同，均为男女幽约之地。在山边曰密，在水边曰泌，故泌水是指一般的河流，而不是确指。

④乐饥：乐而忘饥。

⑤鲂：鳊鱼。

⑥姜：齐国的贵族姓氏。

⑦子：宋国的贵族姓氏。

只要两个人心心相印，哪怕是住在简陋的房屋，都可以生活得有滋有味。所以天地万物重在一个“情”字，没有什么事情是绝对的，有情四海为家亦是暖，无情山珍海味更觉寒。

东门之池

东门之池，可以沤麻[①]。彼美淑姬[②]，可以晤歌[③]。
东门之池，可以沤纻[④]。彼美淑姬，可以晤语。
东门之池，可以沤菅[⑤]。彼美淑姬，可以晤言。

注释

①沤（òu）：长时间用水浸泡。
②淑姬：善良的姑娘。
③晤歌：用歌声互相唱和。
④纻：纻麻。
⑤菅（jiān）：菅草。多年生草本植物，可做绳索。

《东门之池》是一首描写男子对淑姬爱慕的诗，本诗抒发了两人情投意合的喜悦。

东门之杨

东门之杨，其叶牂牂[①]。昏以为期[②]，明星煌煌[③]。
东门之杨，其叶肺肺[④]。昏以为期，明星晢晢[⑤]。

注释

①牂（zāng）牂：风吹树叶的响声。
②昏：黄昏。期：约定的时间。
③明星：启明星，清晨出现在东方的天空。煌煌：光亮貌。
④肺（pèi）肺：同“牂牂”。
⑤晢（zhé）晢：同“煌煌”。

诗中描述了一名终夜等待情人的人到最后都没有见到自己情人的懊恼和哀伤。

墓门

墓门有棘[①]，斧以斯之[②]。夫也不良[③]，国人知之。知而不已，谁昔然矣[④]。

墓门有梅，有鸮萃止[⑤]。夫也不良，歌以讯之[⑥]。讯予不顾，颠倒思予[⑦]。

注释

①墓门：墓道的门。

②斯：劈开，砍掉。

③夫：这个人，指作者讽刺之人。

④谁昔：往昔，从前。然：这样。

⑤鸮（xiāo）：猫头鹰，古人认为是恶鸟。萃：集，栖息。

⑥讯：借作"谇"，斥责，告诫。

⑦颠倒：跌倒。

这首自产生以来就备受争议的小诗，自先秦起便流传甚广，相关的传说也是十分丰富。流传的广泛证明它在劳动人民之中引起了共鸣，说明其内容定与人民密不可分。

防有鹊巢

防有鹊巢[①]。邛有旨苕[②]。谁侜予美[③]？心焉忉忉[④]。

中唐有甓[⑤]，邛有旨鹝[⑥]。谁侜予美？心焉惕惕[⑦]。

注释

①防：水坝。一说堤岸。

②邛（qióng）：山丘。苕（tiáo）：苕菜。

③侜（zhōu）：诳言欺骗。

④忉（dāo）忉：忧虑状。

⑤唐：朝堂前和宗庙门内的大路，中唐泛指庭院中的主要道路。甓（pì）：砖。

⑥鹝（yì）：绶草，一般生长在阴湿处。

⑦惕惕：提心吊胆状。

这是一首抒发唯恐失去爱情的忧虑心情的诗歌。本诗描写了一名男子担忧自己和情人之间的关系被别人离间，而感到忧虑和恐慌的心理。

月　出

月出皎兮[1]，佼人僚兮[2]。舒窈纠兮[3]，劳心悄兮[4]！
月出皓兮[5]，佼人懰兮[6]。舒忧受兮，劳心慅兮[7]！
月出照兮[8]，佼人燎兮[9]。舒夭绍兮，劳心惨兮[10]！

注释

①皎：月光洁白明亮。

②佼：同“姣”，美好。僚：娇美。

③舒：舒徐，舒缓，指从容娴雅。窈纠：与第二、三章的“忧受”“夭绍”，皆形容女子行走时体态的曲线美。

④劳心：忧心。悄：忧愁状。

⑤皓：洁白明亮状。

⑥懰：娇美。

⑦慅（cǎo）：心神不宁。

⑧照：明亮貌。

⑨燎：明。

⑩惨：当为“懆（cǎo）”，焦躁貌。

“月出”一词，突出了其“出”这一时刻，将这种美好，从无到有，全面而细致地展示给读者，不仅增添了其动感，还有一种神秘感和朦胧感潜藏其中，宛如幽幽现出真容的月儿，就是那位狡黠多情的美人。

株　林

胡为乎株林[①]？从夏南[②]。匪适株林？从夏南。

驾我乘马[③]，说于株野[④]。乘我乘驹[⑤]，朝食于株[⑥]。

注释

①胡为：为什么。株：陈国邑名。林：郊野。

②从：跟，此处意思是找人。夏南：夏姬之子夏徵舒。

③乘马：四匹马。古以一车四马为一乘。

④说：通“税”，此处指停车解马。株野：株邑之郊野。

⑤驹：马高五尺以上、六尺以下称“驹”，大夫所乘；马高六尺以上称“马”，诸侯国君所乘。

⑥朝食：吃早饭。

统治者的生活对于一般百姓来说是神秘、封闭的，但是，如果某个国君的荒淫行为成为街头巷尾议论、讽刺的话题，那么就可以想象这个国君已经昏庸淫乱到了何种地步。《株林》一诗中所描述的陈灵公就是这样一个昏庸无用的国君。

泽陂

彼泽之陂[1]，有蒲与荷[2]。有美一人，伤如之何[3]？寤寐无为，涕泗滂沱[4]。

彼泽之陂，有蒲与蕑[5]。有美一人，硕大且卷[6]。寤寐无为，中心悁悁[7]。

彼泽之陂，有蒲菡萏[8]。有美一人，硕大且俨。寤寐无为，辗转伏枕。

注释

①陂（bēi）：堤岸。

②蒲：香蒲，一种生在河滩上的植物。

③伤：因思念而忧伤。

④涕泗：眼泪和鼻涕。

⑤蕑（jiān）：兰草。

⑥卷（quán）：通“鬈”，头发卷，形容鬓发很美。

⑦悁悁：忧伤愁闷的样子。

⑧菡萏（hàn dàn）：荷花。

春秋战国时代，女性在生活、思想的各个方面，都还有着同男子相差无几的权利和自由。厚重而无情的礼教，当时还没有成为社会的主流，人们处事言行，都还能够依循自己心中最本真的想法，而很少顾及太多的社会压力和约束。

桧风

羔裘

羔裘逍遥[①]，狐裘以朝[②]。岂不尔思？劳心忉忉[③]。
羔裘翱翔，狐裘在堂。岂不尔思？我心忧伤。
羔裘如膏[④]，日出有曜[⑤]。岂不尔思？中心是悼。

注释

①逍遥：悠闲地走来走去。
②朝：朝堂。
③忉忉：忧愁状。
④膏：油脂。
⑤曜（yào）：闪闪发光。

《诗经·桧风·羔裘》被大多数人认为是一首讽喻之作是有根据的。根据诗意推测，此诗应是桧国大臣因国君治国不力被迫离去后所作。忠诚的臣子与不务国事的君主也成为一种比衬，从这个方面来讲讽刺的态度也显得意味深长。

素冠

庶见素冠兮[1]，棘人栾栾兮[2]，劳心慱慱兮[3]。
庶见素衣兮，我心伤悲兮，聊与子同归兮。
庶见素韠兮[4]，我心蕴结兮[5]，聊与子如一兮。

注释

①庶：幸。

②棘人：罪人；一说，瘦的人。栾（luán）栾：瘠瘦的样子。

③慱慱（tuán）：忧苦不安。

④韠（bì）：蔽膝，古代官服装饰，革制，缝在腹下膝上。

⑤蕴结：郁结。

对于《素冠》一诗所要表达的内容，历来是众说纷纭。有人说这是一首悼念亡者的丧葬诗，有人说这是一首对遵守传统礼乐之人的赞扬诗，也有人说这是诗人去监狱探视友人的探监诗。

隰有苌楚

隰有苌楚[①]，猗傩其枝[②]。夭之沃沃[③]，乐子之无知！
隰有苌楚，猗傩其华[④]。夭之沃沃，乐子之无家[⑤]！
隰有苌楚，猗傩其实。夭之沃沃，乐子之无室！

注释

①隰：低湿的地方。苌（cháng）楚：藤科植物，也就是今天的阳桃、猕猴桃。

②猗傩（nuó）：同“婀娜”，轻盈柔美的样子。

③夭：少，此指幼嫩。沃沃：润泽的样子。

④华：花。

⑤无家：指无家庭拖累。

诗人运用“婉转表达”的手法，以猕猴桃为赞美对象来表示羡慕的同时，婉转曲折地表达内心的苦恼。

匪风

匪风发兮[1]，匪车偈兮[2]。顾瞻周道[3]，中心怛兮[4]。
匪风飘兮，匪车嘌兮[5]。顾瞻周道，中心吊兮[6]。
谁能亨鱼[7]？溉之釜鬵[8]。谁将西归？怀之好音。

注释

①发：犹“发发”，风吹声。

②偈（jié）：疾驰。

③顾瞻：回头看。

④怛（dá）：痛苦，悲伤。

⑤嘌（piāo）：疾速。

⑥吊：凭吊。

⑦亨：通“烹”。

⑧溉：洗。鬵（xín）：大锅。

朱熹将这首诗解释为一首怀周的政治抒情诗。但从文本上理解，这首诗也可以理解成一首游子思乡诗。家住西方的诗人，远游东土，久滞不归，于是他通过这首诗来寄托思乡之情。

曹风

蜉蝣

蜉蝣之羽，衣裳楚楚。心之忧矣，于我归处①？
蜉蝣之翼，采采衣服。心之忧矣，于我归息？
蜉蝣掘阅②，麻衣如雪③。心之忧矣，于我归说④？

注释

①於我归处：何处是我的归宿。

②掘阅：通“掘穴”，即掘地而出。

③麻衣：指古朝服。

④说（shuì）：通“税”，歇息。

人的生命，最终不过如一场烟花，绽放过，或绚烂，或黯淡，终化为天地间一粒小小尘埃。表面上鲜艳华丽但生命极其短促的蜉蝣，提醒人们要珍惜已有的幸福，不要虚度年华、留下遗恨。

候　人

彼候人兮[①]，何戈与祋[②]。彼其之子[③]，三百赤芾[④]。
维鹈在梁[⑤]，不濡其翼[⑥]。彼其之子，不称其服[⑦]。
维鹈在梁，不濡其咮[⑧]。彼其之子，不遂其媾[⑨]。
荟兮蔚兮[⑩]，南山朝隮[⑪]。婉兮娈兮[⑫]，季女斯饥[⑬]。

注释

①候人：官名，是看守边境、迎送宾客和治理道路、掌管禁令的小官。

②何：通“荷”，扛着。祋（duì）：武器，殳的一种，竹制，长一丈二尺，有棱而无刃。

③彼：他。其：语气词。之子：那人，那些人。

④赤芾（fú）：赤色的芾。芾是祭祀时穿的衣服，是一种用皮革制作的蔽膝，上窄下宽，上端固定在腰部以上，按官品不同而有不同的颜色。

⑤鹈（tí）：鹈鹕，喙下有囊，食鱼为生。梁：伸向水中用于捕鱼的堤坝。

⑥濡（rú）：沾湿。

⑦称：相称，相配。服：官服。

⑧咮（zhòu）：禽鸟的喙。

⑨遂：终，久。媾：厚待，厚受。此处指厚禄。

“候人”是否依旧苦而无功，“彼子”是否依然无功受禄，诗人没有言明，其批判的意味跃然纸上，引人深思。对于这种人不称其职，不守其责，在其位不谋其事的社会现实，作为叙述者的诗人显得很无奈，除了作诗讽刺之外也无办法。

⑩荟（huì）、蔚：云层蔽日，天空阴暗昏沉的样子。

⑪朝：早上。隮（jī）：升，登。

⑫娈：貌美。

⑬季女：少女。

鸤鸠

鸤鸠在桑[1]，其子七兮。淑人君子[2]，其仪一兮[3]。其仪一兮，心如结兮[4]。

鸤鸠在桑，其子在梅。淑人君子，其带伊丝[5]。其带伊丝，其弁伊骐[6]。

鸤鸠在桑，其子在棘[7]。淑人君子，其仪不忒[8]。其仪不忒，正是四国[9]。

鸤鸠在桑，其子在榛[10]。淑人君子，正是国人。正是国人，胡不万年[11]？

注释

①鸤（shī）鸠：布谷鸟。

②淑人：善人。

③仪：仪表，仪态。

④心如结：比喻用心专一。

⑤其：他的。

⑥弁（biàn）：皮帽。骐：青黑色的马。

⑦棘：酸枣树。

⑧忒（tè）：变。

⑨正：法则。

⑩榛：丛生的树，树丛。

⑪胡：何。

本诗以鸬鸠起兴，是以鸟的优点对“淑人君子”进行颂扬。

下泉

冽彼下泉[1]，浸彼苞稂[2]。忾我寤叹[3]，念彼周京[4]。
冽彼下泉，浸彼苞萧[5]。忾我寤叹，念彼京周。
冽彼下泉，浸彼苞蓍[6]。忾我寤叹，念彼京师。
芃芃黍苗[7]，阴雨膏之[8]。四国有王[9]，郇伯劳之[10]。

注释

①冽：寒冷。

②苞：丛生。稂（láng）：童粱。一种野草。

③忾（kài）：叹息。寤：醒。

④周京：周朝的京都。与下文“京周”“京师”同义。

⑤萧：艾蒿。

⑥蓍：一种用于占卦的草。

⑦芃（péng）芃：茂盛而茁壮。

⑧膏：滋润。

⑨有王：有周天子。

⑩郇（xún）：古国名。春秋时为晋地。在今山西临猗县南。劳：慰劳。

《下泉》大多数人认为是一首东周遗老怀念旧都的诗歌。之所以怀念旧都，是现状不如往昔，才会常常让人怀念过去

豳风

七月

七月流火[1]，九月授衣[2]。一之日觱发[3]，二之日栗烈[4]。无衣无褐，何以卒岁？三之日于耜，四之日举趾。同我妇子，馌彼南亩[5]，田畯至喜[6]。

七月流火，九月授衣。春日载阳，有鸣仓庚[7]。女执懿筐[8]，遵彼微行[9]，爰求柔桑。春日迟迟，采蘩祁祁[10]。女心伤悲，殆及公子同归。

七月流火，八月萑苇[11]。蚕月条桑[12]，取彼斧斨[13]，以伐远扬[14]。猗彼女桑[15]。七月鸣鵙[16]，八月载绩。载玄载黄，我朱孔阳[17]，为公子裳。

四月秀葽[18]，五月鸣蜩[19]。八月其获，十月陨萚[20]。一之日于貉[21]，取彼狐狸，为公子裘。二之日其同，载缵武功[22]。言私其豵[23]，献豜于公[24]。

五月斯螽动股[25]，六月莎鸡振羽[26]。七月在野，八月在宇，九月在户，十月蟋蟀入我床下。穹窒熏鼠[27]，塞向墐户[28]。嗟我妇子，曰为改岁，入此室处。

六月食郁及薁，七月亨葵及菽。八月剥枣，十月获稻。为此春酒，以介眉寿。七月食瓜，八月断壶[29]。九月叔苴[30]，采荼薪樗[31]，食我农夫。

九月筑场圃，十月纳禾稼。黍稷重穋[32]，禾麻菽麦。

嗟我农夫，我稼既同[33]，上入执宫功[34]。昼尔于茅，宵尔索绹[35]。亟其乘屋[36]，其始播百谷。

二之日凿冰冲冲[37]，三之日纳于凌阴[38]。四之日其蚤[39]，献羔祭韭。九月肃霜[40]，十月涤场。朋酒斯飨[41]，曰杀羔羊。跻彼公堂，称彼兕觥[42]，万寿无疆！

注释

①流火：大火星自南方高处向偏西方向下行。

②授衣：裁制冬衣。

③觱（bì）发：风吹过物体发出的声响。

④栗烈：凛冽、寒冷。

⑤馌（yè）：送饭。

⑥田畯（jùn）：为领主监工的农官。

⑦仓庚：黄莺。

⑧懿筐：很深的筐。

⑨微行：小路。

⑩蘩：白蒿。祁祁：形容采蘩妇女众多。

⑪萑（huán）苇：芦苇。

⑫条桑：修整桑枝。

⑬斨（qiāng）：方孔的斧。

⑭远扬：长得特别高或特别长的桑枝。

⑮猗彼女桑：用绳子拉住柔桑。

⑯鸣鵙（jú）：伯劳鸟。

⑰孔阳：色彩十分鲜明的样子。

⑱秀：长穗。葽（yāo）：远志，一种药用植物。

⑲蜩（tiáo）：蝉。

⑳陨萚（tuò）：落叶。

㉑于貉：猎貉。

㉒缵：继续。

㉓豵（zōng）：小野猪。

㉔豜（jiān）：大野猪。

㉕斯螽（zhōng）：螽斯，昆虫名。

㉖莎鸡：纺织娘，昆虫名。

㉗穹窒：堵住洞穴。

㉘塞向：堵塞北窗。墐户：将泥涂在竹木所制的门上，堵住缝隙，抵御寒风。

㉙壶：葫芦。

㉚叔苴（jū）：拾麻籽。

㉛荼：苦菜。樗（chū）：苦椿树。

㉜重穋（lù）：后熟曰重，先熟曰穋。

㉝既同：已收齐。

㉞上：同“尚”。功：事。

㉟索绹（táo）：搓草绳。

㊱乘屋：覆盖屋顶。

㊲冲冲：凿冰的声音。

㊳凌阴：冰窖。

㊴蚤：同“早”，此指早朝，古代一种祭祀仪式。

㊵肃霜：凝露成霜。

㊶朋酒：两壶酒。

㊷兕觥（sì gōng）：铜制的犀牛状酒杯。

《七月》是一幅描绘农民四季活动的风情画。它反映了一个部落一年四季的劳动生活，涉及衣食住行各个方面。作者当是部落中的成员，所以角度找得十分精准，对一年四季的农事也是如数家珍。

鸱　鸮

鸱鸮鸱鸮[1]，既取我子[2]，无毁我室[3]。恩斯勤斯[4]，鬻子之闵斯[5]！

迨天之未阴雨[6]，彻彼桑土[7]，绸缪牖户[8]。今女下民[9]，或敢侮予[10]！

予手拮据[11]，予所捋荼[12]，予所蓄租[13]，予口卒瘏[14]，曰予未有室家[15]。

予羽谯谯[16]，予尾翛翛[17]，予室翘翘[18]，风雨所漂摇，予维音哓哓[19]！

注释

①鸱鸮（chī xiāo）：猫头鹰一类的鸟。

②子：幼鸟。

③室：鸟窝。

④恩：通“殷”，言殷勤于幼子。斯：语气助词。

⑤鬻（yù）：育，养育。闵：病。

⑥迨（dài）：及。

⑦彻：通“撤”，撤去。桑土：桑根。

⑧牖（yǒu）户：窗门。

⑨下民：下面的人。

⑩侮：欺侮。

⑪拮据：辛苦。

⑫捋：一把一把地摘取。荼（tú）：茅草花。

⑬蓄租：积蓄。

⑭卒瘏（tú）：尽瘁。

⑮室家：鸟窝。

⑯谯（qiáo）谯：羽毛稀疏的样子。

⑰翛（xiāo）翛：羽毛干枯无光泽的样子。

⑱翘翘：危险不稳的状况。

⑲哓（xiāo）哓：惊恐的叫声。

这首诗写出了母鸟失去雏鸟、巢窠被破坏的伤痛，同时也可以通过这只鸟看到那些备受欺凌、艰辛生存、不能把握自身命运的人们。

东山

我徂东山，慆慆不归[①]。我来自东，零雨其濛。我东曰归，我心西悲。制彼裳衣，勿士行枚[②]。蜎蜎者蠋[③]，烝在桑野[④]。敦彼独宿[⑤]，亦在车下。

我徂东山，慆慆不归。我来自东，零雨其濛。果赢之实[⑥]，亦施于宇[⑦]。伊威在室[⑧]，蠨蛸在户[⑨]。町畽鹿场[⑩]，熠耀宵行[⑪]。不可畏也，伊可怀也。

我徂东山，慆慆不归。我来自东，零雨其濛。鹳鸣于垤[⑫]，妇叹于室。洒扫穹窒，我征聿至[⑬]。有敦瓜苦[⑭]，烝在栗薪[⑮]。自我不见，于今三年。

我徂东山，慆慆不归。我来自东，零雨其濛。仓庚于飞，熠耀其羽。之子于归，皇驳其马[⑯]。亲结其缡[⑰]，九十其仪[⑱]。其新孔嘉，其旧如之何？

注释

①慆（tāo）慆：久。

②士：通“事”。行枚：行军时衔在口中以防止出声的竹棍。

③蜎（yuān）蜎：幼虫蜷曲的样子。蠋（zhú）：毛虫。

④烝：乃。

⑤敦：团状。

这首诗通过抒发返乡士卒复杂的内心世界，从客观上暴露出这样一种事实：战争只能给人民的生活带来灾难，只能给人带来心灵上的痛楚。诗中流露出从军士卒渴望和平安定的心情。

⑥果蠃（luǒ）：葫芦科植物。

⑦宇：屋檐边。

⑧伊威：一种小虫，俗称土虱。

⑨蟏蛸（xiāo shāo）：一种蜘蛛。

⑩町畽（tuǎn）：屋旁的空地，禽兽践踏的地方。

⑪熠耀：光明貌。宵行：萤火虫。

⑫垤（dié）：小土丘。

⑬聿：将要。

⑭瓜苦：瓜瓠，瓠瓜。一种葫芦。古时有一种习俗，在婚礼上剖瓠瓜成两张瓢，夫妇各执一瓢，装满酒用来漱口。

⑮栗薪：束薪，即柴堆。

⑯皇：指马的毛色黄白相杂。驳：指马的毛色不纯。

⑰亲：此处是指女方的母亲。结缡（lí）：将佩巾结在带子上，这是古代婚仪。

⑱九十：形容很多。

破斧

既破我斧，又缺我斨[1]。周公东征，四国是皇[2]。哀我人斯[3]，亦孔之将[4]。

既破我斧，又缺我锜[5]。周公东征，四国是吪[6]。哀我人斯，亦孔之嘉[7]。

既破我斧，又缺我銶[8]。周公东征，四国是遒[9]。哀我人斯，亦孔之休[10]。

注释

①斨（qiāng）：斧的一种。

②皇：匡正。

③斯：语气词，相当于“啊”。

④孔：程度副词，可解释为很、甚、极。

⑤锜（qí）：凿子。

⑥吪（é）：教化。

⑦嘉：善，美。

⑧銶（qiú）：独头斧。

⑨遒（qiú）：安定。

⑩休：休整。

对周公的赞颂并不意味着对战争的肯定，而是人民对幸福安定的生活的渴望。

伐柯

伐柯如何[①]？匪斧不克[②]。取妻如何[③]？匪媒不得。

伐柯伐柯，其则不远[④]。我觏之子[⑤]，笾豆有践[⑥]。

注释

①伐柯：采伐做斧头柄的木料。

②匪：同“非”。

③取：通“娶”。

④则：原则、方法。此处是强调砍伐时应遵照一定的方法。

⑤觏：遇见。

⑥笾（biān）：竹编的礼器，用来盛果脯。豆：木制、金属制或陶制的器皿，用来盛放腌制的食物和酱。

《伐柯》是一首写婚恋礼俗的诗，这首诗反映出我国先民结婚时必须依媒妁之言的习俗。

九 罭

九罭之鱼①，鳟鲂②。我觏之子③，衮衣绣裳④。

鸿飞遵渚⑤，公归无所，於女信处⑥。鸿飞遵陆⑦，公归不复，於女信宿⑧。

是以有衮衣兮⑨，无以我公归兮⑩，无使我心悲兮！

注释

①九罭（yù）：网眼较小的渔网。九，虚数，此处表示网眼很多。

②鳟鲂：鳟鱼和鲂鱼。

③觏：遇见。

④衮：古时的高级礼服。

⑤遵：沿着。渚：沙洲。

⑥女（rǔ）：汝。信：再住一夜称信。处：住宿。

⑦陆：水边的陆地。

⑧信宿：同“信处”，住两夜。

⑨有：持有、留下。

⑩无以：不要让。

本诗不但形式上值得借鉴学习，更加重要的是它还承载了我国古代先民的好客礼节，为后人留下宝贵的精神财富，也为后人更好地继承和发扬民族精神提供了最初的蓝本。

狼跋

狼跋其胡[①]，载疐其尾[②]。公孙硕肤[③]，赤舄几几[④]。
狼疐其尾，载跋其胡。公孙硕肤，德音不瑕[⑤]。

注释

①跋：踩。胡：颈下垂肉。
②疐（zhì）：跌倒。
③公孙：诸侯之孙。硕肤：大腹便便。
④赤舄（xì）：锡与金合做的鞋头饰物。几几：鲜明。
⑤瑕：疵病，过失。